KB261669

숭어의
꿈

숭어의 꿈

김하경 지음

2003

한참동안 둘 사이엔 침묵이 흘렀다. 잠시 후 스그머니
하명이 길동의 팔을 잡아 당겼다.
"저기 봐라. 숭어다."
길동은 낚시 하면 자다가도 벌떡 일어나는 낚시 광이었다.
조금 아까까지의 노여움도 잊은 채 길동은 자기도 모르게 고
개를 돌렸다. 하명의 말 그대로였다. 숭어들이 하얀
비늘을 반짝이며 이쪽저쪽 바다 위로 튀어 올랐다.
하명이 입맛을 쩝쩝 다셨다.
"회 한 접시 하면 끝내 주겠다. 내 퍼뜩 가 낚싯대 갖고
오까?"
"자샤. 숭어는 낚시로 잡는게 아냐. 그물이나 훌치기로 잡
는 기다. 가덕도에서 숭어 잡는 이야기를 못 들었나? 사람
이 높은 언덕에 올라가 숭어 떼가 몰려오나 지켜보고 있다가
깃발로 신호를 보내는 기라. 그라마 배 두 척이 양쪽에서
그물을 던져 뺑 둘러싸고 막대기로 막 휘젓고 막 숟
시끄럽게 소리를 내마 숭어가 겁이 나 소리나는 반대쪽으
로 몰려다니다 그물 안으로 걸려든다 이기라."
길동의 박학다식함이 하명을 감탄하게 입을 벌렸다.
길동은 어깨를 쫙 펴더니 마지막으로 한마디에 힘을 줬다.
"원래 뛰는 고기는 미끼를 물지 않는 법이다. 알겠나?"
하명이 문득 생각난듯 빙그레 웃었다.
"와 내가 니를 좋아하는지 이자 알았다. 사람으로치면 니가
바로 숭어다 이거 아이가? 아무리 좋은 미끼를 던져도
절대 안 물라카이, 니 숭어 맞지?"
"미친 놈…"
하명이 길동의 어깨를 우악스럽게 끌어안았다.

〈뛰는 고기는 미끼를 물지 않는다〉 중에서

머리말

1부 뛰는 고기는 미끼를 물지 않는다

2부 부시와 부시맨

3부 우리 아빠는 정비사!

발문

머리말

2003년 10월 17일 부산의 한진중공업노조 김주익 지회장이 스스로 목숨을 끊었나.

129일 동안 35미터의 크레인 위에서 사상 초유의 초특급 태풍 '매미'에도 끄떡 않고 버틴, 마흔 살 사나이가 세 아이와 아내를 남겨두고 차디찬 시신으로 변했다. 그러나 그의 시신은 아직도 크레인에서 지상으로 내려오지 못했다. 시신을 떠나지 못한 그의 영혼 역시 크레인 상공에 매달린 채 구천을 헤매고 있다. 깃발로 상징으로 펄럭이고 있다.

6일 후 2003년 10월 23일이다. 이번엔 대구에서 세원 테크 이해남 노조지회장이 마흔 한 살의 목숨을 불살랐다. 또 사흘 뒤 2003년 10월 26일 서울에서는 근로복지공단 비정규직노조 이용석 광주지역

본부장이 서른 한 살 아까운 목숨을 뜨거운 불 속에 던졌다.

대기업노동자, 중소기업노동자, 비정규직노동자가 똑같이 죽음을 택했다. 전태일 열사의 분신 이후 30년 넘게 노동자의 죽음이 계속되는 나라 대한민국. 카드 빚에 몰린 도시 서민들, 농가부채에 허덕이는 농민들과 황폐화된 어장에 한숨짓는 어민들 모두가 벼랑 끝 죽음으로 내몰리고 있는 나라 대한민국. 2003년 지금, 이 나라 대한민국에는 비상구가 없다.

끝나지 않는 이야기

1990년부터 수년 간 수많은 사람들이 제3자 개입금지를 철회하기 위해 몽둥이로 두들겨 맞고, 피를 철철 흘리고, 정문에서 쫓겨나고, 철창에 갇히고, 심지어 하나뿐인 목숨까지 제단에 바쳤다. 그러나 세상은 눈 하나 꿈쩍하지 않았다. 그러던 1996년 12월, 엄동설한의 매서운 추위를 뚫고 뜨거운 총파업의 열기가 솟아올랐다. 그리고 1997년 5월 노동법개정이 이루어져 제3자 개입금지 조항은 스르르 제 풀에 사라져 버렸다.

손해배상청구 소송제도가 시행된 지도 벌써 10년이 넘었다. 손에 피를 안 묻히고도 사람을 죽일 수 있는 무서운 칼이다. 칼날도 보이지 않는 이 칼에 목이 베인 사람들이 그 얼마던가. 살아남은 사람들의 운명은 또 얼마나 참담하게 뒤바뀌었던가.

2003년 1월 두산중공업의 배달호 열사가 죽었을 때 정부는 가압류의 남용방지를 약속했다. 그러나 입에 침도 마르기 전에 정부는 철도 노동자들에게 가압류를 남용했다. 그리고 이제 줄줄이 노동자들이 피를 바쳤음에도 가압류는 풀리지 않고 있다.

이 책은 10년 동안 현장을 발로 뛰어다니며 쓴 이야기들이다. 그 럼에도 이 책에서는 시간의 흐름이 느껴지지 않는다. 현장의 시계는 멈춘 지 오래다. 달라진 것이라곤 아무 것도 없다. 10년 전이나 지금 이나 여전히 똑같다. 그 이야기가 그 이야기다.

아니다. 더 나빠졌다. 점점 더 넓게, 모든 일터로 확대되고 있다.

하기야 삶의 현실뿐인가. 역사도 똑같이 되풀이되고 있다. 열강의 틈바구니에서 태풍 앞의 촛불처럼 흔들리던 100년 전의 우리 역사 가 100년이 지난 지금도 여전히 똑같다. 보수와 진보의 날선 대립은 여전하고, 미 일 중 러 등 열강에 포획된 채 북 핵과 이라크 파병 등 나라 안팎이 전쟁의 위협 속에 떨고 있다. 지구제국 전체가 길을 잃 고 흔들리고 있는 것이다.

그래서다. "어제의 불행은 끝! 오늘의 행복은 시작!"이라고 말할 수 없다. 현실의 이야기를 끝낼 수가 없다. 멈출 수가 없다.

강물은 멈추지 않고 흘러간다. 그러나 오늘의 강물은 어제의 강물 이 아니다.

역사도 똑같이 되풀이 되어 계속된다. 그러나 과연 오늘의 우리는 어제의 우리가 아니라고 자신 있게 말할 수 있을까? 어제의 우리보 다 오늘의 우리는 더 지혜롭고 더 깊고 넓어졌다고 말할 수 있을까?

노동소설

노동현장 애기만 나오면 사람들이 얼굴을 찡그린다. 표정이 굳어 진다. 잔뜩 어깨에 힘을 주고 긴장한다. 주눅이 들어 몸을 움츠리기도 한다. 불편해하며 도망가거나 피하기도 한다. 가해자처럼 부채의식을 느낀다. 동참하여 함께 싸우든가, 하다못해 위로나 용기를 주는 말 한 마디, 물질적 도움이라도 줘야한다는 부담을 갖는다. 좋을 리가 없다. 안 보고 싶고, 안 듣고 싶어 한다. 알고 싶지 않아 도리질하고 외면한다.

나도 그랬다. 살림살이가 다 부서진 스산한 철거현장을 찾아가기 전에도 그랬고, 구사대에게 두들겨 맞은 조합원들을 방문하기 전에도, 열사의 장례식에 참석하기 전에도 그랬다. 솔직히 피하고 싶었다. 도망치고 싶었다.

그런데 참 묘하다. 막상 현장을 찾아가보면 당황스럽기 짝이 없다. 참담한 비극이라고 믿어지지 않는다. 붕대 감은 손으로 여전히 먹고 마신다. 다리를 절룩이며 웃고 떠들고 농담까지 나눈다. 슬픔, 분노, 절규만이 가득 차 있을 거라던 예상이 보기 좋게 빗나가는 순간이다. 심지어 시신을 옆에 놓고 밥을 먹고, 술을 마시고, 화장실에도 간다. 사람이 참 독하다는 생각이 든다. 어떻게 저럴 수가 있나. 사랑하는 동지가 다치고, 죽었는데…….

하지만 나이를 먹으면서 차츰 인생이 뭔지 조금씩 눈을 뜨게 되었다. 한 병원 안에도 산부인과에서는 새 생명이 태어나고 영안실에서는 죽은 시신이 누워있다. 살다보면 기쁨과 슬픔이, 행복과 불행이, 믿음과 배신이, 희망과 절망이 어울려 찾아오지 않던가. 한 인간 속에도 사랑과 미움이, 용기와 비겁이, 장점과 단점이 동전의 양면처럼 함께 어울려있지 않던가. 이것이 삶의 진실이다.

때로 가증스럽게 남의 불행과 절망을 보면서 나의 행복과 희망을 확인한 적도 있다. 그런 나 자신을 혐오하면서 또한 인정하지 않을 수 없을 때, 나는 이것이 사람의 진짜 참 모습이란 걸 알았다.

그러니 도망쳐 봤자다. 좋은 것만 보고 살고 싶겠지. 하지만 그건 진실을 피해 가짜에게 도망치는 것과 같다. 일시적 도피일 뿐 언젠가는 진실과 맞닥뜨리게 되어 있다. 진실은 피할 수 없는 인간의 운명이다.

내가 주로 치열한 투쟁현장을 다루는 것은 그곳이 긴장과 갈등이 폭발하는 마지막 극점이기 때문이다. 그 지점에서는 진실과 허위가 가장 잘 보인다. 인간의 참 모습이 가장 잘 드러난다.

그러나 이 모든 것을 한편의 짧은 이야기 속에 담아내는 건 쉽지 않다. 복잡하게 뒤엉킨 삶의 미로를 정신없이 따라가다 보면 애매하게 흐려지고, 전형으로 단순화하면 도식적이 된다. 정말 어렵다.

이야기의 재미, 표현의 미학, 문학적 감동, 새로운 형식의 창조 등 모든 문학이 요구하는 것은 노동소설에도 그대로 적용된다. 그럼에도 다른 소설에 없는 특별한 요구가 또 하나 추가된다. 뚜렷한 목적을 가진 주제의식이다. 노동소설을 노동소설이게 하는 차별성이 이것이다.

그러나 바로 이것이 한계를 드러내는 노동소설의 치명적 약점이기도 하다.

사상과 윤리가 아닌 현실로, 교육과 계몽이 아닌 감동으로, 이 한계와 약점을 극복하라고 요구한다. 예술의 다의성, 미학적 탄력성을 잃어버리지 않으면서 예술과 사회의 절묘한 결합을 이루라고 주문한다. 그것도 불완전한 언어를 가지고서 말이다.

허공에서 가느다란 외줄을 타고 있는 기분이다. 다리가 후들거린다. 균형감각을 잃는 순간 그대로 땅으로 추락한다. 진땀이 난다. 피가 마른다. 하긴 글 쓰는 것뿐인가. 산다는 것 자체가 그렇긴 하다.

숭어의 꿈

잠시 눈을 돌려 시원한 바다를 바라본다. 숭어 한마리가 파란 바다 위를 솟구쳐 오른다. 그 역동적인 힘찬 몸짓에 가슴이 설렌다.

사진을 찍듯이 숭어가 바다 위로 솟구쳐 오르는 순간을 포착하여 글 속에 영원히 담아둘 수는 없을까. 인간과 삶의 몸짓으로 흉내 낼 수는 없을까.

힘찬 도약을 꿈꾸며 한때나마 그 솟구침 속에서 삶의 황홀함과 환희를 맛볼 수만 있다면, 마지막 죽음의 그물을 흔쾌히 맞아들일 수 있을 것 같다. 인간의 삶은 유한하고 모두가 죽음이라는 그물을 피할 수 없다. 그래서 인간은 불멸의 삶을 욕망하는 건지도 모른다.

비록 자신의 존재를 위험에 노출하면서도 숭어는 힘차게 물 위로 솟구쳐 오른다. 이 도약이 숭어를 숭어답게 하는, 벗어날 수 없는 숭어의 운명이다. 인간도 마찬가지 아닌가. 수평의 바다 위를 수직으로 힘차게 솟구쳐 오르고 싶은 인간의 꿈, 그 솟구침을 위해 인간은 스스로 위험한 모험 속으로 온 몸을 던져 뛰어든다. 이것이 인간을 인간답게 하는, 피할 수 없는 인간의 운명인 것이다.

삶의 현장에서 숭어처럼 힘차게 뛰어오르는 순간들을 포착하여 그 몸짓들을 여기 실은 건 이 때문이다. 빛나는 삶의 한 순간들을 멈추게 하여 영원히 살아있는 불멸의 삶으로 지속시키고 싶은 욕망 때문이다.

오늘도 모든 숭어들의 꿈, 모든 평범한 인간들의 꿈이, 욕망의 바다 위로 꿈틀대며 솟구친다. 그리고는 다시 미끄러진다. 나는 숨죽여 기다린다. 다시 한번 황홀한 솟구침의 그 순간을 기다린다. 그 기다림 속에서 어느새 나는 숭어가 된다. 숭어의 꿈을 꾼다.

2003년 10월 진동에서

김하림

숭어의
꿈
1

뛰는 고기는 미끼를 물지 않는다

"지금부터 반 생산회의를 개최합니다."

엄 반장이 반원 열두 명의 이름을 부르는 사이에, 반원들은 책상 위에 놓인 1주일의 생산계획표를 멀뚱하게 들여다보았다.

이미 회사에서 1개월, 3개월, 혹은 6개월 치 계획이 부서마다 잡혀져 내려왔다. 작업일정과 작업물량, 표준시수도 다 결정된 터였다. 그러니 반원들이 월요일마다 자율적으로 생산계획을 짠다는 건 말뿐이었다. 오히려 도전시수를 설정하여 어떻게 하면 시간을 절감할 수 있는가 하는 계획을 짜기 위한 회의를 하는 게 고작이었다.

"지난 달 우리 반은 서른 반 중에서 12등을 했습니다. 이래갖고는 상여금에 지급되는 성과금은 고사하고, 반원 전체가 연말 고과 시 어찌될지 모릅니다. 다들 알고 있습니까?"

엄 반장의 안색이 붉으락푸르락 변해갔다.

"지난달에 6대 질서 지키기에서 우리 반은 시간 지키기, 청소 정리정돈 생활화, 안전 생활화, 인사 잘하기, 고운 말 쓰기, 유동인력 최소화 등 모든 면에서 15등으로 밀려났습니다. 작업시간 30분 전에 청소하고 정리정돈 끝내 작업준비에 들어가는 건 이미 체질이 되고도 남아야 하는 거 아닙니까. 작업시간이 다 되어서야 어슬렁 나타나질 않나, 도대체 말이 되는 겁니까. 잡담금지, 작업장 이동금지, 흡연금지, 화장실 가는 횟수 줄이기, 청소의 습관화는 물론 자리이탈 등 그동안 잘 지켜오던 것들도 완전 휴지화 되었으니… 왜 그러는 겁니까? 화이바 없이 심지어 런닝 바람에 작업화 끈 다 풀어놓고 돌아다니는 사람도 있어요. 이거 완전 무장 해제된 군인 아닙니까. 기가 막혀서 원. 덥다는 핑계로 안전은 뒷전이다 이거 아닙니까? 도대체 뭘 믿고 그러는 겁니까?"

반원들은 모두 고개를 숙인 채 말이 없다. 지금 반장이 무슨 말을 하고 싶어 하는지 다들 짐작하고도 남는 터였다.

지난 주 파업 찬반투표에서는 90%가 넘는 파업찬성표가 나왔다. 월초에 주초인 월요일 조회가 시끄러울 건 뻔했다. 잔소리를 각오한 듯 모두 입만 굳게 다문 채 묵묵부답이다.

"모두들 저기 저 표를 똑똑히 보라구요. 고과에는 마이너스라는 것도 있다는 거, 잊지 않았겠죠?"

반원들이 쉽게 모일 수 있도록 반 회의장은 공장 안에 칸막이 벽으로 둘러싸져 있었다. 그 칸막이 벽마다 갖가지 선전구호들이 덕지덕지 붙어있다.

가장 먼저 대문짝만한 표어들이 눈을 사로잡는다. '살맛나는 고장, 일할 맛 나는 직장, 꿀맛 나는 가정' 아래로 '개인별 아차 사고 현황표', '개인별 근태 상황표', '개인별 자원봉사자 현황표' 등이 줄줄이 붙어 있다. 그 중에는 막대그림표도 보인다. 개인별 실적치를 모두 종합해서 나타낸 그림표다. 유난히 빨간 막대기가 빌딩처럼 치솟아 있는가 하면 바닥에 가깝게 제일 낮은 것도 있다.

홍길동은 높지도 낮지도 않은 중간 높이로 올라간 자신의 막대그림표를 노려보며 입술을 지그시 깨물었다.

"에 또, 지난달에는 개선안이 한 건도 들어오지 않았습니다. 여러분 모두가 공장개선추진 교육을 통해 잘 알다시피 항상 작업을 하면서도 어떻게 하면 우리 회사 아니 내 회사의 발전이 되게 할까 하면서 머리를 짜내야하지 않겠습니까? 작업내용이나 작업공정에서 비능률적인 로스를 분석해서 개선안을 만들라는 말을 한 지가 언젭니까. 생각이 없는 겁니까 아니면 아예 생각을 안 하는 겁니까. 근로자 자신이 개선 마인드를 형성한다는 것은 바로 우리 자신을 위한 것이지 남을 위한 게 아니라 이 말입니다."

엄 반장은 또 다른 막대그림표를 지휘봉으로 가리키며 한마디를 덧붙였다.

"우리 반은 품질부문과 원가절감 부문 경비절감 부문 혹은 안전부문에서도 다른 반에 형편없이 뒤졌어요. 똑같은 밥 먹고 똑같은 조건에서 일하는 같은 근로자 아닙니까. 근데 왜 뒤떨어지는 겁니까?"

아침부터 푹푹 찌는 날씨였다. 벌써부터 이마에는 습기가 돈다. 날씨 탓인지 엄 반장의 짜증에 덩달아 땀이 솟는 건지 모를 일이었다.

"내가 백날 애기해야 잔소리로밖에 안 들으니까. 앞으론 실천으로 보여줄 겁니다. 단단히 각오들 하세요! 그동안 신사적으로 대해주려고 했지만 이젠 나도 다른 반장처럼 할 수 밖에요… 불만 있는 사람은 나한테 따지러 오기 전에 자신의 양심에 손을 얹고 반성해보면 내가 왜 그랬는지 알 겁니다."

조회는 잔소리로 시작해서 잔소리로 끝이 났다. 아무리 반장의 잔소리가 심해도 누구도 투덜거리는 사람이 없었다. 함부로 아무데서나 불평했다간 언제 누구 귀에 들려 반장에게 고자질 당할지 모르기 때문이었다. 이런 게 일할 맛 나는 직장이란 말인가. 에이! 금방이라도 욕설이 터져 나올 것만 같았다. 길동은 침을 삼키며 욕설을 꿀꺽 목구멍으로 넘겼다. 바람 빠진 풍선처럼 입술 사이에서 긴 한숨 소리가 들린다.

길동은 작업표 앞으로 느릿느릿 다가갔다. 그런데 이게 웬일인가.

오늘 잔업이 없었다. 아니 일주일 내내 단 하루도 잔업이 없었다. 이상하다. 그럴 리가 없는데… 다른 사람의 작업표에는 분명 다 잔업시간이 적혀있는데 길동이 칸에만 잔업시간이 하얗게 비어있는 것이다. 그제서야 길동은 엄 반장의 협박이 빈말이 아님을 깨달았다.

'드디어 올 것이 오고야 말았구나.'

하긴 길동에게는 고과점수나 성과금, 해외여행 같은 별의별 달콤한 선물은 애시당초 관심 밖이었다. 그저 남들 하는 대로 중간만 유지하면 된다고 생각했다. 잘 나가 출세해봤자 엄 반장처럼 되는 건데, 보면 볼수록 자신은 죽었다 깨도 엄 반장 같은 짓은 못할 것 같았다. 반원들을 통솔한다는 명목으로 동료 사이를 이간질하고 시기

하고 경쟁하게 만드는 비열한 짓을 어떻게 한단 말인가.

입만 뻥긋하면 회사는 말한다. '21세기 무지개운동' 이야말로 노사 간의 불신과 갈등의 벽을 허물고 신뢰와 화합의 장으로 만드는 운동이라고 떠든다. 하지만 이 '21세기 무지개운동' 이야말로 동료들 사이에 보이지 않는 불신과 갈등의 벽을 점점 더 높이고 있다는 건 알 만한 사람은 다 안다.

하지만 왜 하필 나인가? 엄 반장에게 특별히 미움을 산 일도 없었는데 왜 그럴까? 길동은 작업을 하면서도 내내 고개를 갸웃거렸다. 눈에 띄게 엄 반장에게 반발하거나 회사의 방침에 불만을 나타낸 적이 없었다. 요즘이 어느 때라고 함부로 불평을 떠들겠는가. 더구나 나이 사십을 바라보는 길동으로서는 최대한 해고되지 않으려고 몸조심을 하는 입장이었다. 하지만 막상 불평을 하러 찾아가려하자 아침에 엄포를 놓은 엄 반장의 말이 목에 걸렸다. 양심에 손을 얹고 생각해보라고? 그래 양심에 손을 얹고 생각해보자.

그러고 보니 딱 한 가지가 있다. 엊그제 총회에서 파업 찬성표를 던졌다는 것이 생각났다. 하지만 그거야 나 이외에 투표용지를 본 사람이라곤 없지 않은가.

문득 집히는 게 있었다. 그날 밤 잠자리에 들기 전에 아내가 찬성표를 던졌냐고 묻기에 무심결에 대답한 게 생각났다.

"두말하문 잔소리지."

하지만 아내를 의심하다니…? 이게 말이 되는 소리냐? 살 맞대고 사는 아내를 안 믿고 누굴 믿는단 말인가. 하지만… 길동은 자꾸만 고개를 갸웃거렸다.

노동조합은 많은 구속자와 해고자를 내면서 약화되어 갔다. 그 틈을 타서 회사는 신경영전략이라는 이름 하에 '21세기 무지개운동'을 들고 나왔다. 그리고 의식화단계로 갖가지 교육과 연수를 시작했다. 길동 역시 그 교육과 연수에 참가했다. 처음에야 의식화인지 뭔지 알게 뭔가. 일단 일을 하지 않고 쉴 수 있다는 게 좋았다. 호랑이에게 물려가도 정신만 바짝 차리면 된다고 생각하고 교육에 참가한 것이다.

나이 사십에 다기능교육에 참가한 것도 불황에 대비하자는 회사 방침을 믿어서였다. 하지만 요즘 와서 보면 물량은 계속 늘어나는데도 정규직은 더 이상 보충하지 않고 외주를 많이 주는걸 보면 다기능교육은 헛말이었다는 생각이 들었다. 어쨌든 회사가 이전과는 많이 달라졌다는 것은 분명히 느낄 수 있었다. 뭔가 심상치가 않았다.

노동조합에서는 이 무지개운동이 노동조합을 약화시키고 노동자들을 개별 통제하려는 제도화 운동이라고 맹공격을 퍼부었다. 하지만 조합원들로서는 그 실체를 확연히 몸으로 느낄 수가 없었다.

하지만 3년 동안 무쟁의가 계속된 건 노조의 말마따나 무지개운동의 결과인지도 모른다. 회사로부터 받은 교육도 문제지만, 당장 반장의 통제와 감시가 강화되고, 인사고과니 성과금이니 반별 경쟁이니 하면서 들볶아대는 회사의 압력이 온몸으로 닥치는 데야 견딜 재간이 없었다. 그뿐인가. 어린이날이면 연예인을 불러다 가족잔치를 열어주지, 전문기사까지 불러다 바둑대회를 열지, 합동결혼식을 안 올려주나, 체육대회를 거하게 치르질 않나, 심지어는 청소년 교양강좌에다 컴퓨터 교육까지 열어 자식들에게까지 손을 뻗쳐왔다. 매월

한 번씩 영화다 연극이다 전시회다 연예인 초청공연이다 하면서 노동자를 위한 교양행사를 푸짐하게 열어대니 회사가 전과는 다르게 우리를 위해 뭔가를 해주려고 노력한다는 생각을 갖지 않을 수 없었다. 길동이가 아내에게 주부교실에 나가라고 한 것도 알고 보면 회사의 변화를 긍정적으로 바라본 결과였는지 모른다.

"호텔에서 1박2일 동안 주부연순가 뭔가 한다카데. 니 가고 싶나?"

그러나 이 연수는 1박2일로 끝나는 단순한 주부교실을 넘어 후속모임으로까지 발전되었다. 아내는 주부자원봉사단이라는 모임에 참가하면서부터 외출이 잦아졌다. 지역사회에 봉사활동을 다닌다며 길거리에서 교통정리도 하고 쓰레기도 주우러 다녔다. 어느 날은 회사에도 나타나 식당봉사를 한답시고 앞치마를 두르고 왔다 갔다 하기도 해서 길동의 얼굴을 붉히게 한 적도 있었다.

그런데 지난겨울 아내가 뜬금없이 물었다.

"차하밍 씨는 장인으로 승급해서 부부가 일본 다녀왔다문서예?"

"니 그걸 우째 아노?"

"부인이 그라데."

"경고하는데, 다시 내 앞에서 그 이름을 들먹이모 모임에 못 나가게 할기다. 알긋나?"

"언제는 고향친구라고 사족을 못 쓰더니만, 갑자기 와 쌍 지팽이를 집고 난리고? 회사에서 인정받는 기 뭐가 잘못이가?"

"인정? 가가 일을 잘해서 장인 된 줄 아나? 뒤에서 조합 활동 도와주는 동료를 반장한테 고자질한 상으로 장인이 된 기다. 그런 놈이

와 내 친구고? 이자 가하고는 끝난 기라. 가는 인간도 아이다.”

길동은 담배를 쥔 손을 휘저으며 몸을 부르르 떨었다. 그때였다.

“차하명 씨를 시기하는 사람들이 퍼뜨린 소문이라던데, 당신도 질투하는가베?”

그 순간 길동은 사방이 적진에 포위된 듯한 느낌에 사로잡혔다. 순간이지만 아내가 나가는 모임이 단순한 자원봉사단이 아니라 남편의 목을 죄는 무서운 음모집단이 아닌가하는 의구심이 들었다. 길동은 온몸의 털이 곤두서는 긴장을 느끼지 않을 수 없었다. 예사 일이 아니었다.

“주부봉사단인가 뭔가 퍼뜩 때려치라!”

작년 여름 노동조합에서 낸 유인물에서 본 어느 일간지 기사가 생각났다. 노조 집행부는 파업지침을 내렸으나 조합원의 동참이 따르지 않아, 파업은 실패로 돌아갔다. 신문기사는 그것이 바로 아내들의 공로라고 치하하고 있었다. 회사가 아내들을 구워삶아 파업에 동참하려는 남편을 견제한 덕분이라는 것이다. 회사가 이런 기사를 신문에 제공하여 대문짝만하게 선전거리로 삼았다는 것 자체가 바로 이 봉사단의 목적이 노조 깨기라는 걸 공공연히 증명하는 것이 아니고 무엇인가. 가랑비에 속옷 젖는 줄 몰랐다니!

그러나 후회했을 때는 이미 늦었다.

임금협상이 시작되었으나 현장에는 아무 동요도 보이지 않았다. 길동은 혹시나 하는 기대를 품었다. 이번 협상을 기점으로 다시 일할 맛 나는 현장으로 돌아가기를 바랐다. 울산에서 양봉수 열사가 분신했다는 소식이 들렸다. 한국통신을 비롯해 전국이 시끄러웠지만 조합원들은 강 건너 불구경하듯 했다.

위원장은 단식농성까지 해가며 조합원들을 독려했다. 용기를 갖고 적극 참여해달라고 연일 안타깝게 호소를 계속했다. 하지만 이미 속옷까지 흠뻑 젖은 조합원들은 온몸을 덜덜 떨며 회사 눈치만 살폈다. 간부들이 하루에도 몇 번씩 현장을 돌며 애타게 부르짖어도 피하기만 할 뿐이었다. 회사는 끊임없이 노동조합에 관한 각종 악성 유언비어를 퍼뜨리며 노동조합을 공격하고 약화를 기도했다. 통제와 구속에 길들여진 조합원들이 단박에 변할 걸 기대한다는 건 우물에서 숭늉 찾는 격이었다.

한 달 뒤 분신한 양봉수 열사는 끝내 병원에서 숨을 거뒀다. 하지만 한반도의 남쪽 끝자락 거제는 조용하기만 했다. 그런데 일주일 후 일이 터졌다. 박삼훈 조합원이 온몸에 불을 질러 분신자살한 것이다. 이십대의 아까운 나이에 최루탄에 숨진 이석규 열사 이후 처음 당하는 사건이라 모두 경악했다. 더욱이 그는 길동과 동갑내기였다. 그런 그가 아내와 장성한 두 자녀까지 남겨두고 스스로 목숨을 버린 것이다.

길동은 감전된 듯 충격에 휩싸였다. 길동은 그가 자살했다고 생각하지 않았다. 그것은 타살이었다. 명백한 살인이었다. 눈에 보이는 흉기를 들고 직접 사람을 죽게 하는 것만이 살인은 아니다. 직접 살인하는 것보다 더 지능적으로 고도화된 살인이 자살이라는 이름으로 자행된 것이다. 일터에서 거리에서 가정에까지 죄어온 그 보이지 않는 손이 마침내 그의 목을 조른 것이다. 현대에는 눈에 보이는 살인보다 눈에 보이지 않는 살인이 더 많이 일어난다고 했다. 그 말은 사실이었다.

그러나 현장은 분노하지 않았다. 반장과 관리자들은 죽은 동료에 대한 사생활을 들춰내고 갖가지 억측과 소문을 퍼뜨리고 다녔다. 잠깐 동요하는 듯하던 조합원들은 다시 잠잠해졌다. 검은 만장이 뒤덮인 채 현장은 깊은 바다처럼 침묵 속으로 가라앉았다. 스피커에서 흘러나오던 절규도 점점 목이 쉬어 갔다. 절망이었다. 운동이 상승곡선을 탈 때는 아무도 죽지 않는다. 운동이 안 풀릴 때 열사가 나오는 것이다. 길동은 자신의 잘못 때문에 그가 죽은 것만 같았다.

장례식 날이었지만 고인을 보내는 마지막 길은 참담했다. 조합원 행렬이 문상객보다도 더 적었다. 조합원들은 회사가 교묘하게 쳐 놓은 계략의 그물에 꼼짝없이 걸려들었다. 장례식은 아침 8시부터였지만 회사는 출근시간을 오전 10시로 정했다. 장례식에 참석하지 못하게 10시에 출근하는 사람에게만 2배의 잔업시간을 달아주기로 한 것이다.

이른 새벽, 병원 영안실을 출발한 운구행렬이 북문을 통과했다. 길동은 만장을 들고 말없이 행렬을 뒤쫓았다. 운구차가 현장을 한바퀴 돌 때였다. 작업 중이던 조합원들이 고개를 내밀고 밖을 힐끔거렸다. 그러나 문 앞에는 반장과 관리자들이 총동원되어 버티고 지켜서 있었다. 간부들은 손 스피커를 들고 호명도 하고 애타게 호소했지만, 조합원들은 문지기처럼 지키고 서 있는 반장과 관리자의 눈치만 살폈다. 어떤 이들은 아예 기계 뒤로 몸을 숨겨버렸다. 길동은 얼굴을 똑바로 들 수가 없었다. 걸음을 걸을 때마다 작업화 위로 눈물이 뚝뚝 떨어졌다. 서문으로 향하던 장례행렬의 쓸쓸한 뒷모습은 결코 그의 머릿속에서 사라지지 않았다.

장례식이 끝나자, 언제 그런 참담한 비극이 있었냐는 듯, 매일매일 똑같은 일상이 되풀이 되었다. 살인적 불볕더위가 계속되었지만 길동은 무더위도 느끼지 못했다. 소나기처럼 땀을 흘리면서도 더운 줄도 몰랐다. 탁탁 튀어 오르는 용접불꽃을 바라보면서도 뜨거운 줄 몰랐다. 참담했던 장례식을 생각하면 어느새 그의 몸은 얼음처럼 차디차졌다. 그렇게 여름의 끝이 다가오고 있었다.

그런데 기적처럼 엊그제 총회에서 불씨가 살아나기 시작했다. 겉으로는 연기도 나지 않았지만, 보이지 않는 저 안에서부터 저 밑에서부터 불씨가 타오르기 시작한 것이다. 마침내 훨훨 타올랐던 뜨거운 몸뚱이가 꺼져가는 불씨에 옮겨 붙어 90%의 파업찬성표로 타오른 것이다. 결코 그는 한 줌 재로 변한 것이 아니었다. 작은 불씨로 다시 살아난 것이다.

하루 작업이 어떻게 끝났는지 모르게 끝났다. 반 종회를 마치자마자 길동은 자전거를 타고 쌩하니 집으로 달려갔다.

"여보, 백화점에 있던 사람이 천여 명이 넘는다네… 이를 우짜노?"

아내는 삼풍백화점 붕괴소식에 발을 동동 구르며 텔레비전에 정신이 팔려 있었다. 남편이 오늘 따라 일찍 퇴근했다는 사실도 잊고 있는 듯 했다.

잠깐 이마를 찡그리고 말없이 아내를 노려보고 서 있던 길동은 텔레비전 앞으로 다가가 전원 스위치를 꺼버렸다. 그제서야 아내가 깜짝 놀라 길동을 올려다보았다.

"아니, 와 그랍니꺼?"

"내가 찬성표 던진 거 누구한테 말한 적 있나 없나? 대답해봐라."

아내는 자다가 봉창 두드린다는 식으로 멀뚱하게 길동을 쳐다보았다.

"퍼뜩 대답 몬 하나?"

길동의 고함에 아내는 진저리를 쳤다. 그리곤 그때서야 사태의 심각성을 눈치 챈 듯 말없이 길동을 바라보았다.

"그기… 다음날 자원봉사자모임 안 있었습니꺼. 파업 나면 우짤기냐고 다들 걱정하문서 잡담하고 있었거든예. 그때 누가 묻데예……."

"그기 누고? 누구 마누래고?"

"당신 친구. 차……."

길동은 몸을 부르르 떨었다.

"차하명 씨 부인이 그라는 거라. 자기는 남편에게 찬성표 던지몬 잠자리 안 해주겠다고 협박했다카문서, 앞으로 다들 자기처럼 하몬 틀림없을 기라고, 그래서 막 웃었어예."

"이 여편네들이…미쳤나?"

"농담한 걸 갖고 와 그랍니꺼?"

"농담 좋아하네. 웃으면서 뺨치는 게 더 무섭다는 말 모르나? 니 땜에 잔업 안 하게 됐은께네, 이번 달 월급 적다고 불평하지 말그래이."

"뭐라꼬예?"

아내의 말이 끝나기도 전에 이미 길동의 발길은 차하명의 아파트로 향하고 있었다. 초인종을 누르자 차하명이 현관 앞에 나타났다. 런닝에 반바지 차림이었다. 길동은 다짜고짜 차하명을 잡아끌고 아파트 계단을 구르듯 내려왔다.

"와 이카노? 놔라. 어데 가는 기가?"

차하명은 영문을 모른 채 끌려가면서 같은 질문만 되풀이했다.

"말로 안 된께네 확실하게 몸으로 보여줄 기다."

길동이 도착한 곳은 바닷가였다. 모래사장에서는 중학생 몇 명이 축구를 하고 있었다. 서슬 퍼렇게 달려들면서 비키라고 고함을 치자, 길동의 기세에 눌린 아이들은 비실비실 뒷걸음치며 돌아갔다.

갑자기 길동의 주먹이 하명의 턱으로 날아갔다.

"억"

무방비상태에서 센 주먹을 한대 얻어맞은 탓인지 차하명은 모래사장에 벌러덩 나자빠지고 말았다. 길동은 잽싸게 그의 몸 위를 타고 눌렀다. 그리곤 멱살을 잔뜩 움켜쥐고 다시 불끈 쥔 주먹을 치켜들었다.

"잠깐만! 맞을 때 맞더라도 이유나 알고 맞자 마. 도대체 와 이카노? 응?"

"그래. 이유를 말해주지. 내가 찬성표 던졌다꼬 엄 반장한테 고자질한 게 너 맞제?"

차하명의 창백하던 안색에 일순 핏기가 돌았다.

"안했다. 진짜다. 맹세한다! 잔업 땜에 그라나본데, 이거 먼저 놓고 얘기하자. 내 다 설명해 줄끼다."

멱살을 움켜 쥔 손을 풀자 하명의 런닝 목이 보기 흉하게 늘어졌다. 하명은 긴장을 늦추지 않은 채 재빨리 옷매무새를 고쳤다.

"잔업 안 준 건 엄 반장이 니만 찍어서 그란 게 아이다. 90% 찬성 표 나온 거 보고 회사가 야마 돌아가 전 조합원에게 뽄때를 보일라 카는 기다. 앞으로 반원 전부 계속 돌아가면서 잔업을 안 줄 기란다. 겁도 주고 이간질도 하려는 양동작전이라카이. 니가 젤로 나이가 많 아서 첨 당하는 거뿐이다."

하명은 뜸을 들이며 긴 한숨을 내쉬었다.

"내 얼마나 후회한줄 아나? 내도 사람인데 와 생각이 없겠노? 몰 래 노조에 찾아가 사과도 하고 화해도 안했나? 참말로 미안하데이."

"이… 빙신"

지지리도 못나고 불쌍한 놈. 울컥 설움이 북받쳤다. 없는 게 죄지. 이토록 나약한 친구를 미워하게 만든 노동자라는 현실이 서러웠다. 원망스러웠다. 모래사장에 머리를 파묻고 울고 싶었다. 길동은 망연 자실 허공만 노려보았다.

한참 동안 둘 사이엔 침묵이 흘렀다. 잠시 후 슬그머니 하명이 길 동의 팔을 잡아 당겼다.

"저기 봐라. 숭어다."

길동은 낚시 하면 자다가도 벌떡 일어나는 낚시 광이었다. 조금아 까까지의 노여움도 잊은 채 길동은 자기도 모르게 고개를 돌렸다. 하명의 말 그대로였다. 숭어들이 하얀 비늘을 반짝이며 이쪽저쪽 바 다 위로 뛰어 올랐다. 하명이 입맛을 쩝쩝 다셨다.

"회 한 접시 하면 끝내 주겠다. 내 퍼뜩 가 낚싯대 갖고 오까?"

"짜샤. 숭어는 낚시로 잡는 게 아냐. 그물이나 훌치기로 잡는 기다.

가덕도에서 숭어 잡는 얘기도 몬 들었나? 사람이 높은 언덕에 올라가 숭어 떼가 몰려오나 지켜보고 있다가 깃발로 신호를 보내는 기라. 그라마 배 두 척이 양쪽에서 그물을 던져 삥 둘러싸고 막대기로 막 휘젓고 억수루 시끄럽게 소리를 내마 숭어가 겁이 나 소리 나는 반대쪽으로 몰려다니다 그물 안으로 걸려든다 이기라.”

길동의 박학다식에 하명은 감탄하며 입을 벌렸다. 길동은 어깨를 좍 펴면서 마지막으로 한마디에 힘을 준다.

“원래 뛰는 고기는 미끼를 물지 않는 법이다. 알긋나?”

하명이 문득 생각난 듯 빙그레 웃었다.

“와 내가 니를 좋아하는지 이자 알았다. 사람으로 치몬 니가 바로 숭어다 이거 아이가? 아무리 좋은 미끼를 던져도 절대 안 문다키이. 니 숭어 맞제?”

“미친 놈……”

하명이 길동의 어깨를 우악스럽게 끌어안았다.

“와 이라노? 징그럽게.”

“니가 내를 친구로 여기든 아니든 그건 니 맘이지만도, 이거 하난 알아둬라.”

“뭐꼬?”

“내도 찬성표 찍었다.”

“진짜가?”

“내도 조합원 아이가?”

“니 마누라가 잠자리 안 해준다고 협박했다 카던데?”

“차라. 우리가 어데 신혼이가? 해달라고 덤비지나 말라 캐라. 난 그게 더 무섭데이."

비낀 노을이 붉은 색에서 암청색으로, 다시 칠흑 같은 어둠으로 바뀐 뒤에도 모래사장 위에서는 오랫동안 술 취한 노래 소리가 그치지 않고 들려왔다. (1995; 개고 2003)

어떤 법정

법원을 들어서는데 건물 입구에서 곤색 작업복 차림의 십여 명이 여기저기 환담을 나누고 있는 게 보였다. 이미륵은 대의원 정길상이 있는 곳으로 다가갔다.

"형님은 우찌 빠져 나왔는교?"

"월차 냈다. 와?"

"이상하네. 우린 두말없이 조퇴증 떼 주던데."

"니들 같은 꼴통하고 내처럼 충신하고 어데 같나?"

희끗희끗한 머리칼, 햇볕에 그을린 피부, 마음은 아직도 청춘이건만 미륵의 얼굴엔 어쩔 수 없는 마흔 고개의 주름살이 지나가고 있었다.

"회사방침이 바뀌어 조퇴는 절대 안 된다꼬 지랄지랄하는 기라. 소환장 받았다꼬 다 갈 필요 없다 이거제. 하도 일하라고 쌩 난리를 치길래 내가 한마디 안 했나?"

관리자 앞에서의 상황을 재연하듯 미륵은 허리춤에 손을 척 얹고 턱을 치켜들었다.

"대한민국은 법치국가 아입니꺼? 법에서 부르는데 안 가몬 법을 어기는 긴데, 그래도 되는 깁니꺼? 만약 우리가 잘못 되몬 회사에서 책임져 줄 깁니꺼? 그라문서 안 따졌나?"

"그랬더니 뭐라 케예?"

동료들은 일제히 미륵의 입을 쳐다보았다.

"뭐라카긴! 암말 몬 하고 그냥 내삐제."

1991년 박창수 위원장이 전노협 연대회의 건으로 구속되었을 때 전 조합원이 집단조퇴를 하고 규탄집회에 참여한 적이 있었다. 그때 회사는 노조간부 46명에게 1억 2천만 원의 손해배상청구소송을 냈다. 박창수 위원장은 억울하게 의문의 죽음을 당했으나, 손배청구는 죽기는커녕 시퍼렇게 살아 있었고, 그 여파로 조합은 한동안 소강상태에 빠져들었다.

그런데 뜻밖에 희보가 들려왔다. 소송고지제도였다. 분명 법에는 명시된 제도이지만 한 번도 써보지 않은 터라, 그 결과를 예측하기는 어려웠다. 다만 조합원 전체가 한 몸으로 똘똘 뭉쳐 소송고지제도에 참여한다면 효과는 분명 있을 것이었다. 법이 악법을 스스로 개정하도록 재판진행에 타격을 가하고 회사도 더 이상 손배청구를 이용해 조합을 분열시키고 쟁의권을 탄압하지 못하게 하려는 의도가 그것이었다. 그리하여 재작년 처음으로 조합원에게 대대적인 소송고지 제도에 관한 교육을 실시하였다. 그러자 회사는 갑자기 소송을 취하해 버렸다.

이를 계기로 조합은 더욱 적극적으로 소송고지에 대한 의지를 확대 강화 확대하였다. 그리하여 작년 LNG 파업에 들어가기 전 1,300여 조합원 전원은 소송고지에 대한 결의와 합의를 선언하고 다같이 자필로 서명까지 한 것이다. 파업이 끝나자 예상대로 회사로부터 손배청구 소송이 날아왔다. 조합은 준비한 소송고지를 착착 실행에 옮겼고 조합원들은 각자의 호주머니를 털어 비용까지 마련했다. 그리고 오늘 아침 피고보조인 560여 조합원들이 소환장을 받고 법원으로 들어서는 중이었다.

"와 빨리들 안 오노?"

"아직 20분 남았다. 기다려 보자 마."

막상 회사의 갖은 방해를 뚫고 이 법정까지 오는 건 말처럼 쉬운 일은 아니었다. 때문에 이 자리에 얼마나 올지는 미지수였다. 겉으론 태연한 척 하지만, 모두들 속으로는 걱정 반 기대 반으로 불안해하는 눈치였다.

"회사가 을매나 약발 받았겠노? 눈에 쌍심지 안 켜드나?"

미륵은 아직도 회유 반 협박 반 고래고해 고함치던 과장의 목소리가 귀에 쟁쟁했다. 하루 작업 못하면 회사가 얼마나 손해 보는지 아냐? 직영 사원이 천이삼백 명인데 오백 명이 한꺼번에 빠져나가봐라. 외주사원 천여 명으로 일이 되겠냐? 하루 작업 못하면 손해가 막대하다. 회사가 손해 보면 그 손해는 결국 니들에게 돌아가는 거다. 마음 약한 조합원들은 이 소리에 발걸음을 주춤했다. 조합원 서너 명이 발걸음을 돌리는 걸 보자 미륵은 애가 닳았다. 뛰어가 끌고 올까? 그냥 놔둘까?

15년 넘게 한솥밥을 먹으며 다 같이 청춘을 바친 동료였다. 한 푼이라도 더 벌어야 살 수 있는 처지에 조퇴하고 나갔다 다시 들어와 일해서 일당을 받고 싶은 마음이 미륵에겐 왜 없겠는가. 그렇지만 돈이나 해고보다 더 중요한 게 동지의 믿음 아니었던가. 파업할 때는 동지애가 어쩌니 저쩌니 떠들면서 큰소리치더니 이제 와서 지 밥줄을 앞세워 비겁하게 도망을 치다니! 저렇게 우유부단하고 비겁하니까 맨날 무시당하고 한마디도 대거리 못하고 쫓겨나는 거 아닌가. 딱 한 번만 눈 감고 용기를 내면 되는데… 물론 그런 용기는 누구나, 언제나 낼 수 있는 건 아니지만… 미륵은 손바닥으로 턱을 쓱쓱 문질렀다.

"니 김찬식 박용철 알제? 겁 묵고 도망치는 걸 내가 쫓아가 갖고 팍 끌고 안 왔나? 조합에서 교육 받은 거 한분 멋있게 써 먹어봤제."

"참말입니꺼?"

"그래. 진짜다. 우리가 언제 회사한테 물어보고 소송고지 했나? 이건 우리 일이고 우리가 책임지고 할 일 아이가? 내는 월차 내고 갈 기다! 뭐 하노? 니들도 빨리 내라마!"

미륵은 대의원 길상의 팔을 우악스럽게 잡아당겼다.

"와 내 팔을 붙잡고 이라노? 아파 죽겠다."

길상은 제 팔을 주무르며 울상을 지었다.

"형님! 우리가 팍팍 밀어줄 테니까 이번에 위원장 한번 출마해 보이소 예?"

"와하하하"

왁자한 웃음소리에 놀라 지나던 사람들이 힐끔거리며 걸음을 총총히 옮겼다.

"어제 법원 서기가 조합에 전화해서, 정말 다 올 거냐고 물었대예."

"그래서?"

"아니 어떤 명령인데 안 갑니꺼, 당연히 다 가야지예. 그랬답니다."

"우하하하."

"강철이 어떻게 단련되냐카모 바로 이렇게 단련되는 거 아입니꺼. 법에는 법으로, 불법에는 불법으로……."

"맞다."

"10분 전인데… 들어가야 안 됩니꺼?"

건물 안팎으로 제법 사람들이 늘어난걸 보자 미륵은 기분이 좋았다. 사람들은 소풍이라도 온 듯 환하게 웃으면서 삼삼오오 건물 안으로 들어섰다.

법정 안으로 한 발짝 들어서던 미륵은 깜짝 놀랐다. 복도는 물론 좌석과 바닥에까지 사람 하나 비집고 들어갈 틈이 없을 만큼 법정 안팎은 사람들로 북새통을 이루었다. 20여 건의 다른 사건 관계자들은 물론이고 일간지 기자와 텔레비전 기자들까지 취재를 하느라 법정 안은 그야말로 시장 통을 방불케 했다. 뒤에서 자리가 없다고 소리를 지르자 모두들 일어서 조금씩 앞으로 다가앉으며 최대한으로 좌석을 넓혀보았지만 제한된 공간은 어쩔 수가 없었다. 가끔 밀지 말라는 아우성 소리와 승강이하는 소란이 터져 나왔다.

그때 나이 지긋한 조합원 한 사람이 떠밀리다 못해 답답했던지 문득 일어서 천천히 앞으로 나가더니 태연히 부장판사 의자에 가서 턱

걸터앉았다. 포청천의 추상같은 표정을 흉내내듯 그는 부릅뜬 눈으로 근엄하게 좌중을 둘러보았다. 판사가 들어왔나 싶어 일제히 앞쪽을 응시하던 사람들이 손가락질하며 킬킬거렸다. 마침내 폭소와 함께 박수소리가 온 법정을 진동하였다.

"우하하하…"

서류에 얼굴을 파묻고 있던 변호사와 서기들은 웃음소리에 깜짝 놀라 앞을 쳐다보았다. 법정 정리는 그를 끌어내리기 위해 부리나케 허둥대며 달려왔다. 그러나 조합원은 정리가 당도하기도 전에 태연하게 일어나 조합원들이 앉아있는 자리로 돌아가 작업복 속에 묻혀버렸다. 미륵이 후에 들은 이야기로는 기자 중 누군가가 이 사실을 법원 당국에 알리는 바람에 서기와 정리가 시말서를 썼다고 했다.

얼마 안 있어 판사가 법정으로 들어섰다.

"아니 이 사람들 다 어디서 온 겁니까?"

법정을 둘러보던 판사의 벌어진 입이 한동안 다물 줄을 몰랐다. 당황한 기색이 역력했다.

"한진중공업에서 왔습니다."

"한군데서 이렇게 많이 왔단 말입니까?"

"그렇습니다."

판사는 난감한 듯 턱을 쓰다듬으며 잠시 생각에 잠겼다. 그리곤 다른 사건을 먼저 끝내고 하겠다면서 일사천리로 20여 민사사건의 심리를 마쳤다.

이윽고 차례가 되었다. 판사는 회사 측 변호사를 바라보았다.

"원고 측에서 이의제기를 했다고 하는데 사실입니까."

"그렇습니다."

"우우우우우…"

일제히 야유소리가 법정 안을 가득 메웠다. 판사는 좌중을 향해 조용히 하라는 듯 팔을 내저었다. 정리는 안절부절못하고 계속 서 있었다.

"지금 원고 측에서 이의제기가 들어왔으니 우선 이 건에 대한 심의를 하기로 하고, 오늘은 피고 측 4명만 남고 다들 돌아가도 되겠습니다."

갑자기 법정 안은 벌집을 쑤시듯 일대 소란이 일어나기 시작했다. 저마다 한마디씩 떠드는 통에 법정 안은 벌통처럼 웅웅거리는 고함소리로 가득 찼다.

"택도 읍다! 이대로는 몬 돌아간다!"

"우리도 피고보조인데 변론할 기회를 줘야 할 게 아닙니꺼?"

"부를 땐 언제고 가라고 할 때는 언제고? 우리가 똥개가?"

누군가 자리에서 일어나 한마디를 던지자 너도나도 팔을 휘저으며 일어섰다.

"금쪽 같은 시간에 증인으로 나오라 해갖고 그냥 가라니 말이 됩니꺼?"

"생산에 차질을 주는 건 누가 물어줄 깁니꺼?"

"우린 하루 월차까지 내갖고 왔습니더. 하루 손해본 거 법원에서 물어줄 깁니꺼?"

정리는 이리저리 뛰어다니며 조용히 하라고 소리쳤지만 그의 목소리는 수백 명의 목소리에 묻혀 아예 들리지도 않았다. 판사가 방망이를 두드렸다.

"법원에서 소환한 거니까, 회사에서 돈을 안 줍니까?"

"안 줍니다."

"여러분은 회사에서 당연히 일당을 받을 권리가 있습니다."

"그럼 판사님께서 그 말을 책임질 수 있습니꺼?"

그러자 판사는 갑자기 목을 움츠리더니 서류 속으로 숨어버렸다.

"그건 법이 판결할 일이지 내가 책임질 일이 아닙니다."

"와하하하…"

웃음소리가 파도소리처럼 퍼져나갔다. 분명 비웃음이었다. 자존심이 상한 판사의 얼굴은 무안함과 노기로 벌겋게 변했다. 서기가 조르르 달려 나가더니 판사와 뭐라고 소곤거렸다. 판사가 다시 방망이를 두드렸다.

"손배 대상은 간부들 4명뿐이니까 네 사람만 남고 다른 사람은 가도 됩니다."

"판사님은 노동조합도 모르십니꺼? 조합의 주체는 조합원이지 조합간부가 아입니더. 엄연히 조합의 주인은 조합원이고 조합간부는 심부름꾼이다 이깁니더."

어쩔 수 없다는 듯 판사는 시큰둥한 목소리로 혼잣말하듯 중얼거렸다.

"그럼 일단 출석을 부르겠습니다."

400여 명의 이름이 하나하나 불려지기 시작했다. 그러나 여기서부터 법정은 이미 법정이 아니었다.

"김정환"

“네.”

“네.”

두 사람이 동시에 대답을 했다. 두 사람은 판사 앞으로 불려나갔다. 부서와 주소, 그리고 주민등록번호를 확인하는 가운데 시간은 흘러갔다.

“박진영”

“우리 부서에는 큰 박진영, 작은 박진영 두 사람이 있는데예, 어떤 박진영입니꺼?”

“와하하하.”

법정은 다시 폭소의 바다로 화했다.

“그럼 두 사람 다 나오십시오.”

시간은 다시 흘렀다.

“장명환.”

“우리 부서에는 장명환은 없고예 정명환은 있습니더. 혹시 성을 잘못 부른 거 아입니꺼?”

조합원은 수많은 사람들을 헤치고 판사 앞으로 나갔다.

“유달성”

“복도 밖에 있는 데예. 짜샤. 빨리 들온나.”

끝도 없이 이어질 것 같던 호명은 한 시간이 지난 뒤에야 겨우 끝이 났다. 판사는 한숨을 쉬면서 이마의 땀을 닦았다. 이미 그의 속옷은 축축하게 젖어 있었다.

그는 소송고지 담당 조합간부를 앞으로 불러내었다.

“다음번엔 대표 몇 명만 보낼 수 없겠나?”

“회사가 1억 1천만 원이란 돈이 없어서 손해배상청구를 냈겠습니까. 분명히 그들도 나름대로의 분명한 이유가 있어서 냈을 거고 그렇다면 우리도 분명한 목적과 이유를 가지고 달라드는 깁니더. 그러니까 그런 말씀은 더 이상 시간 낭비라고 생각합니더.”

재판을 속개하는 판사의 표정은 무력감으로 기진맥진해 보였다.

“원고 측의 이의제기가 들어왔으므로 재판은 다음으로 연기하겠습니다.”

방청석에서는 쉴 새 없이 야유가 터져 나왔다. 판사는 난감한 표정으로 방청석을 바라보았다. 소란을 말릴 생각조차 포기했는지 판사는 그대로 방망이를 치켜들었다. 그의 팔은 가늘게 떨리고 있었다.

“이상으로 폐정합니다.”

“와아아아아…”

조합원들은 일제히 자리에서 일어났다. 모두의 입에서는 누가 시키지도 않았는데 박수와 함께 승리의 함성이 터져 나왔다.

안에 들어오지 못하고 밖에서 목을 늘이고 서성대던 기자 하나가 무슨 일인가하여 조르르 달려왔다.

“이겼습니까?”

“처음부터 우리가 이긴 건데 이기고 진 게 어데 있겠습니꺼?”

“예?”

“오늘 이 자리에 참석한 숫자를 보문 모릅니꺼?”

미륵은 한 달 내 연신 싱글벙글이다. 출퇴근 때마다 터져 나오던 푸념 섞인 짜증은 온데간데없어졌고 작업 때마다 터져 나오던 십 원짜리 욕설도 사라졌다. 그런가하면 아내의 바가지에도 허허 웃고 돌아설 정도로 여유만만이다.

"니 그날 안 왔제? 뭐 한다꼬 안 왔노?"

그날 법정에 안 나온 동료는 웃는지 우는지 알 수 없는 일그러진 표정을 지으며 비굴한 목소리로 되묻는다.

"다음에 가몬 안 되나?"

"알았다. 다음엔 꼭 온나. 참. 우리 쪽에서 다시 재심청구 했다더라. 이의제기 자체가 잘못 됐다꼬 말이다."

큰 형님처럼 껄껄 웃으며 돌아서는 미륵의 어깨가 자꾸만 으쓱거렸다.

이게 얼마만인가. 오랜만에 맛보는 승리감이었다. 요즘 미륵은 매일같이 퇴근 후에 조합에 들르는 게 일과처럼 되어버렸다. 그동안 사무실에 발길을 끊은 건 차마 박창수 위원장의 사진을 똑바로 쳐다볼 수가 없었기 때문이었다. 오늘따라 사진 속 얼굴이 미남으로 보인다. 미륵은 사진을 올려다보며 환하게 웃었다. (1995; 개고 2003)

부메랑

 김삼은 나이 마흔에 초고속 승진한 부장이다. 물론 족벌회사에서라면 이보다 더 일찍 부장이 된 사람도 많다. 하지만 김삼처럼 빽 없고 학벌 없고 돈 없는 그야말로 가진 것이라곤 쥐뿔도 없는 신입사원이 이 정도 출세했다면 거기엔 분명 남다른 사연이 있을 게 틀림없다. 위기가 곧 호기라는 말은 바로 김삼의 경우를 두고 말한 것. 87년 6월 항쟁이야말로 김삼에게는 바로 행운의 기회였으니 말이다. 기회란 자주 누구에게나 다가오는 것은 아니다. 특히 김삼에게는 기회란 그야말로 두드리라 그러면 열리리라하는 성경 말씀처럼 기회를 알아볼 줄 아는 사람에게만 다가오는 행운이었다.

그 전까지만 해도 그는 회사 안에서 아무도 눈 여겨 보는 이 없는 별 볼일 없는 사원에 불과했다. 입사한지 5년 만에 겨우 대리가 되

었으니 그럴 만도 했다. 입사 동기 중 3명은 3년 만에 대리가 되어 과장 서열을 차지하고 있었으니 김삼의 승진 운은 다한 듯 보이기도 했다. 그런 그에게 드디어 행운의 여신이 미소를 보내게 된 것이다.

"우리 포항제철에도 노동조합이 생겼대! 벌써 반수가 가입했다는데……."

7, 8월 투쟁이 거리를 달구던 무렵, 한마디로 회사 안은 그야말로 벌통을 쑤신 듯 발칵 뒤집혀버렸다.

"노동조합이 생기면 회사는 그야말로 하루아침에 망하는 겁니다. 이제 우리의 생존권은 노동조합을 막느냐 못 막느냐에 달려있습니다. 지금부터 전 사원은 목숨을 걸고 노동조합을 막기 위해 불철주야 싸워야 합니다."

사무실과 공장 건물 사이에는 금방이라도 총소리가 들릴 것처럼 전운이 감돌았다. 분위기는 침울하다 못해 살벌했다. 관리자들은 생산직 사원을 원수나 적을 대하듯 노려보았고 생산직 사원들은 사무직 사원들을 스빠이나 앞잡이로 취급하며 등을 돌리고 외면하였다.

"지금은 전시야 전시! 완전히 군기가 빠졌군!"

윗사람은 윗사람대로 신경이 예민해져서 아랫사람을 보기만하면 트집을 잡고 화풀이를 해댔다.

"차라리 노동조합 만들어 큰소리치는 사람들이 부럽다 부러워! 우린 뭐야? 동네북이냐 축구 볼이냐. 완전 샌드위치 신세 아냐? 바늘방석에 앉아 눈치 보며 박박 기는 것도 하루 이틀이지 정말 이 짓도 못해 먹겠다. 씨발!"

"그럼 자네가 앞장서서 사무직 노동조합이라도 만들어 보지 그래?"

"이거 왜 이래? 누구 밥줄 끊어 놓을 일 있어?"

전 생산부는 매일 비상대기 근무령 속에서 작전명령을 수행하는 야전사령부로 변해갔다.

"사장이 군 출신이니 회사가 완전 군부대네. 이거야 원."

"당연하지. 별 하나가 낙하산 타고 사장 자리에 떨어지면 무궁화에다 다이아몬드, 갈매기까지 줄줄이 몽땅 낙하산 타고 내려오는 거 아냐? 전무이사에다가 하다못해 경비과장까지 다 차지한다니까. 오죽하면 사단 하나가 이동한다고 했겠어?"

초전박살로 초강경진압에 나선 회사는 노조위원장과 배후로 지목된 대의원과 강성 조합원 5명을 즉각 해고시켰다. 노동조합법이고 사규고 없었다. 사장의 말 한마디가 곧 법이었다. 대통령 선거가 다가오자 시간은 회사에게 점점 더 유리하게 흘러갔다.

간부들은 모두 자나 깨나 오직 노동조합을 깨는 일에만 몰두했고 따라서 업무는 뒷전으로 물러났다. 전 사원들은 소속 부서의 근로자 집마다 전화를 거느라고 하루 종일 전화통에 매달렸다. 때로는 주소지를 들고 동회로 집으로 찾아다니기도 했고 그것도 모자라 형사들처럼 잠복에다 미행까지도 했다. 마치 첩보영화를 방불케 하는 책임 할당식 노조탈퇴 공작이 시작되었던 것이다.

선거가 끝나고 나자 장수 잃은 노동조합은 오합지졸이 되어 점점 더 우왕좌왕했다. 그 기회를 틈 타 회사는 용의주도하게 목을 죄어들어갔다. 일차로 약점을 지닌 조합원이나 마음 약한 조합원을 골라내어 조합 탈퇴서를 받아내기 시작했다. 해고당한 간부들이 정문에서 출근투쟁을 벌이며 노조탈퇴 협박에 말려들지 말라는 유인물을 매일같이 뿌려댔다. 물론 경비들이 그들을 때로는 흠씬 두들겨 패서 내쫓기도 하고 때로는 아예 차에 실어 먼 부두의 창고에 가두기도 했다.

노동조합을 깨려는 회사의 의지는 사생결단을 넘어 가히 광적이었다. 탈퇴서를 많이 받아낸 공로자는 특별 승진시킨다는 고무 선전책까지 내놓자 사원들은 너도나도 이 기회를 잡기 위해 혈안이 될 수밖에 없었다.

김삼은 자신이 맡은 부서에서만 100% 노조 탈퇴서를 받아냈다. 신기하게도 지금까지 회사 안에서 업무상의 두각을 별로 나타내지 못했던 김삼은 이런 일에 있어 단연 누구보다 앞장서 공적을 올렸다. 자신도 알지 못했던 자신의 또 다른 일면이었다.

"김 대리는 위기에 강한 체질인가 봐!"

"경찰이나 군인으로 나갔으면 출세할걸 그랬어."

농담반 진담반 던지는 동료들의 야유에도 김삼은 마치 남의 이야기를 듣는 것처럼 무관심했다. 사실 김삼 자신도 자기 자신에 대해 얼떨떨한 기분이었던 것이다. 굼벵이도 기는 재주가 있다고, 사람마다 한 가지씩 재주가 있는 법 아닌가. 김삼 그는 자신에게 유리한 기회란 게 무엇인지를 동물적으로 포착할 줄 아는 남자였다. 그리하여 고양이나 표범처럼 한 번 먹이를 보면 절대로 놓치지 않았다. 오랜 관찰과 정확한 판단으로 일단 약점을 잡게 되면 절대로 질질 끌지 않고 단 한 번에 날카로운 발톱으로 급소를 낚아챈 다.

"어머님이 아프시다며? 어머니는 단 한 분이고 또 한 번 가시면 다시는 못 돌아오셔. 조합은 나중에라도 다시 들어갈 수 있으니 여기 서명만 해."

"본심이 아니었다는 거 알아. 탈퇴서를 내면 없었던 일로 보고해서 책임지고 다치게 하지 않을 테니까 염려 말라구. 나를 믿어."

드디어 대리 된지 2년 만에 김삼은 과장으로 승진하는 영예를 안았다.

"형사들도 정보과가 형사과보다 출세를 잘한다더니만, 회사도 노조를 잘 때려잡아야만 출세하는 모양이야."

비아냥 반 부러움 반의 소문이 나돌게 된 건 바로 그 즈음부터였다. 그러나 호사다마라고 김삼에게도 어려운 일이 밀어닥쳤다. 과장이 된 뒤 부서가 바뀌었는데 바로 그 부서에는 노동조합의 핵심과 배후 조합원이 다섯 명이나 몰려 있었다. 승진을 시켜줬으니 더 큰 충성으로 보답하라는 의도였다. 이번에도 김삼은 그의 놀라운 잠재 능력을 십분 발휘해서 자신에게 닥친 위기를 다시 한번 호기로 뒤바꿔놓는 기적을 이루어냈다.

그는 철두철미하게 시나리오 한 편을 완벽하게 짰다. 그리고 그 시나리오를 연출하기 위해 캐스팅은 물론 온갖 자질구레한 소도구까지 손수 자신이 직접 준비하는 치밀함까지 보였다. 그가 짠 각본은 소위 회사의 눈에 가시 같은 노동조합의 골수분자들이 한꺼번에 걸려들 덫을 놓는 일이었다. 우선 성질이 더럽기로 이름난 반장 하나를 그 반으로 부임시켰다.

어느 날 야간작업 중이었다. 핵심 조합원 하나가 잠깐 조는 사이에 반장이 다가와 다짜고짜 그의 따귀를 때렸다. 따귀를 맞은 조합원은 분노로 제정신이 아니었다. 조합원이 기계의 부속을 뽑아 들자 반장은 일부러 그에게 달려들었고 순식간에 주위 사람들이 한데 몰려들어 뒤엉키고 말았다. 그날 밤 재빨리 현장으로 달려간 김삼은 연장을 들고 있던 핵심 조합원과 반장에게 대들었던 조합원 네 명을 한꺼번에 업무방해죄와 폭력행위처벌법으로 구속시켰다. 직장과 반장들이 증인이 되어준 것은 물론이었다. 그리하여 자연 핵심 조합원 네 명은 해고되고 말았다.

그런데 바로 옆 반에서 오차가 생겼다. 정년퇴임을 몇 년 앞둔 늙은 반장이 증인 서기를 거부한 것이다. 정년을 앞두고 있었기에 김삼은 그를 의심조차 하지 않았다. 그런데 반대로 그는 정년퇴임을 앞두었기에 사실상 겁나는 게 없었다.

"두 번 팔아 묵을 수는 없시더."

억울하게 죄를 뒤집어쓰고 해고는 물론 구속까지 당한 것만도 미안해서 죽을 지경인데 그들을 도와주지는 못할망정 거짓으로 증언까시 한다면 그를 두 번 죽이는 것이라고 했다. 더구나 내 목을 위해 아들 같은 동료의 목을 두 번 칠 수는 없다며 버텼다. 아무리 회유하고 협박을 해도 진 반장은 물러서지 않았다.

"영감님을 생각해서 반장까지 시켜주었는데 회사 위해 그만한 일도 못한단 말이요?"

"걸핏하면 충성 충성 하는데, 반장이 무슨 홍어 좆이가? 반장도 몬 해 묵겄네."

"그럼 반장 그만두면 될 거 아뇨?"

"조오타. 내 주는 김에 홀딱 벗고 줄기구마. 반장 안 할기다!"

종이를 꺼낸 영감님의 손끝이 부들부들 떨렸다.

"내가 한 장 써줄 테니 그대로 베껴 써요."

김삼은 만년필을 꺼내 반장 사퇴서라고 써내려 갔다. 진 반장은 김삼이 쓴 사퇴서를 베껴 썼다. 김삼은 사퇴서를 받아 넣고 승리자의 여유로운 미소를 머금으며 말했다.

"기념으로 만년필은 그냥 가지세요."

진 반장은 힘들고 지저분한 일만 골라 뺑뺑이를 돌다가 인사과로 넘겨졌다. 잡역부로서 잡초를 뽑거나 정원수를 다듬는 조경과로 넘겨진 것이다. 30여 년 가까이 제철소에서 일하던 철의 노동자 진 반장의 손에 용접봉 대신 가위가 들려진 것이다.

이렇게 조합의 핵심과 배후 인물이 사라지게 되자 그동안 명맥상이나마 유지되어왔던, 유일한 희망이었던 노동조합은 마지막 힘을 잃고 말았다. 노동조합 탈퇴서를 들고 조합원 스스로 제 발로 찾아오는 일까지 생겼다. 마침내 2천여 조합원이 겨우 삼사십 명으로 줄었다.

김삼은 2년 만에 차장으로 승진하여 인사부로 부임하였다. 3년 후 활동이 중지된 채 이름만 걸어놓았던 노동조합은 결국 이름마저 취소되어 이 땅에서 사라져갔다.

이 최후의 승리 덕분에 김삼은 다시 한번 그 수훈의 영예를 입고 부장으로 승진하였다.

이제 김삼은 명실 공히 인사부 부장으로 전 회사 안에 신화의 주인공으로 자리 잡아갔다. 회사 안에서 그의 이름을 모르는 이는 없었다. 물론 사원들에게는 악의 화신으로 불려졌다. 하지만 원성이 높으면 높을수록 김삼에게는 그 목소리가 승진의 나팔소리로 들려왔을 뿐이었다.

그런데 올봄 들어 갑자기 회사가 술렁이기 시작했다. 세계화에 발맞춘 신 경영전략의 팡파레가 사라지기도 전에 누군가의 입에서 인사태풍이란 말이 불거져 나왔다.

"경영의 경자도 모르는 군바리들이 기업을 군대식으로 내리꽂기식 경영만 했으니 회사가 제대로 운영될 리가 있나. 적자는 고사하고 지금까지 버티고 있는 게 기적 아니겠어?"

"우리 회사는 위가 너무 무거워. 실제 회사에서 직접 발로 뛰고 일하는 사람은 과장 이하의 사원들이잖아? 근데 놀면서 월급 받는 윗사람들 월급총액이 과장 이하 사원들 월급총액보다 더 많다니 이게 말이 되는 거야? 대가리는 몽땅 잘라야 돼!"

공기가 심상치 않았다. 김삼은 불안했다.

"김 부장님이야 일등 공신인데 누가 감히 공신을 건드리겠습니까?"

김삼은 이 말을 아부가 아닌 진실이라고 믿고 싶었다. 어느 시대 어느 제왕도 공신을 함부로 하지 못했다. 회사를 만든 건 사장이지만 죽어갈 뻔한 회사를 위기에서 구해낸 일등공신은 김삼이었다. 이 사실만은 누가 뭐래도 진실이었다. 그러나 불안감은 사라지지 않았다. 김삼은 희망퇴직자 신청을 낸 담당 이사를 찾아갔다.

"부장 이상이라면 다들 중년인데 그 나이에 갑자기 그만두면 어디로 가란 말입니까? 나야 내 동료들보다 빨리 승진한 게 죄일 뿐인데 승진은 내가 하고 싶어서 했나요? 회사가 승진 시켜주고서, 이제 와서 부장 이상만 자른다니, 그건 말도 안돼요!”

“말이 왜 안돼? 빨리 승진하면 그만큼 목숨이 단축된다는 것도 몰랐나? 이 사람아. 원래 월급쟁이 목숨이란 파리 목숨만도 못한 거라네.”

담당이사는 씁쓸하게 웃었다. 그는 설마하면서도 자기만은 예외라고 철썩 같이 믿었다.

그런데 얼마 뒤였다. 출근하자마자 현관을 들어서던 김삼은 대문짝만하게 붙어있는 공고문 앞에서 벼락을 맞은 듯 휘청거리지 않을 수 없었다. 도저히 자기 눈을 믿을 수가 없었다. 아무리 눈을 비비고 다시 들여다보아도 김삼 이름 석자가 또렷하게 눈앞에서 어른거렸다. 도무지 자기가 왜 사직을 당해야 하는지 이해할 수 없었다. 너무 억울했다. 그는 한동안 멍하니 벽을 의지하고 서 있었다. 이대로 물러설 수는 없었다. 어떻게 부장자리까지 올라왔는데……

그는 그 길로 인사 담당 전무 방으로 달려갔다. 그러나 전무는 자리에 없었고 들려오는 건 언제 들어올지 모른다는 비서의 냉랭한 대답뿐이었다. 혹시 자기 같은 사람을 피하기 위한 게 아닐까. 그는 어쩔 줄을 몰랐다. 윗사람들은 보이지 않았고 사원들은 여기저기 몰려다니며 낮은 목소리로 소곤거렸다. 모두들 일손을 놓고 서성거렸다. 회사 전체가 술렁거렸다.

김삼은 화장실을 찾았다. 마음을 진정하고 차분하게 생각을 가다듬어야만 했다. 그는 맥없이 좌변기에 앉아 두 손바닥으로 얼굴을 감싸 쥐었다.

그때였다. 소변기 앞에서 숙덕거리는 목소리가 들려왔다.

"자업자득이라구. 노조가 없어졌으니 노조 때려잡는 귀신해병이 무슨 소용이냐구? 토사구팽이란 말도 못 들었나?"

김삼은 깜짝 놀랐다. 이게 무슨 말이지? 아무래도 자기 이야기인 것 같았다.

"자기 목을 자기 손으로 자른 셈이지 뭐. 쯧쯧. 한 치 앞도 못 보는 불쌍한 인생… 지금쯤 억울해서 미쳐 날뛸 거다. 이번에 아마 인생이 뭔지 좀 깨달았을걸."

"지금쯤 후회하고 있겠지. 이럴 줄 알았으면 노조를 없애지 말걸 하고 말야. 그럼 최소한 짤리지는 않을 거 아냐?"

김삼의 머리 속은 뒤죽박죽으로 헝클어졌다. 뭐가 뭔지 알아들을 수 없는 소리들이 벌처럼 머리 속에서 윙윙거렸다. 머리가 터질 것 같았다. 그의 입에서는 자기도 모르게 짐승 같은 신음소리가 가늘게 배어나왔다. 그는 자신의 머리칼을 손으로 잡아당기며 정신을 가다듬으려 애를 썼다.

"누가 있나 봐. 빨리 나가자."

부산한 구두 소리가 다급하게 화장실 밖으로 멀어져갔다. 김삼이 화장실 밖으로 나섰을 때는 이미 복도에는 아무도 보이지 않았다.

그는 넋 나간 사람처럼 터덜터덜 사무실 밖으로 나섰다. 어디로 가야할지 막막했다. 햇빛이 너무 눈부셔 금방이라도 쓰러질 것 같았다. 그는 나무 밑 잔디 위에 털썩 주저앉았다. 머리가 멍했다. 그때였다.

"지는 올 연말에 정년 퇴직합니더."

진 반장이 소리 없이 김삼 앞으로 다가왔다. 한 손엔 정지 가위를 늘어뜨린 채 영감은 그의 앞으로 무언가를 쑥 내밀었다.

"사직서 쓸라모 이게 필요할 거 같아서… 돌려드립니더……."

반장 사퇴서를 쓰던 바로 그 만년필이었다. 햇살을 정면으로 받고 서 있는 영감의 머리가 희었다. 그 백발 너머로 햇살이 광배처럼 둥글게 부서졌다. (1995)

의견일치

 오후 10시 30분.

- 청소라도 도와주면 어디가 덧나나?

- 나도 피곤해서 조금만 쉬려고 그런다. 담배 한 대 필 시간도 안 주냐?

- 내가 무슨 원더우먼인 줄 알아? 시댁에서 하루 종일 파출부 노릇하고 또 집에까지 와서 일주일 치 밀린 빨래하고, 반찬 준비해야 되고… 난 슈퍼우먼이 아니라구.

- 거 되게 쨍쨍대네.

- 쨍쨍대지 않게 생겼어? 자기가 우리 친정에서 일하고 왔어봐. 아마 날 잡아먹으려고 했을걸.

- 여자하고 남자하고 같으냐? 비교할 걸 해야지. 병신.

- 그래 난 병신이라 일요일에도 수당도 없는 특근에 야근까지 한

다. 왜? 당신은 잘나서 담배 피고 누워 있냐?

- 와 열 받네. 저리 비켜! 내가 청소하고 빨래하고 다할 테니까! 잘해 주면 해줄수록 양양이라니까…….

- 아니 자기가 잘해 준 게 뭐 있는데?

- 남들이 다 인정하는데 왜 너만 부인하냐? 회사에서는 공처가라고 소문났지, 형님이랑 어머님은 뭐래는 줄 아냐? 마누라밖에 모르는 팔불출이란다!

- 팔은 안으로 굽는 거 몰라? 가족이니까 편드는 거지. 옆집 보라 아빠 같은 애처가를 한번 보라구 그래. 아마 난리 날 걸.

- 보라 아빠가 그렇게 좋으면 그 사람하고 살지 그래?

- 억지 쓰지 마.

- 억지 쓰는 건 너야!

밤 12시.

- 결혼할 때 약속했잖아? 모든 건 둘이 똑같이 공평하게 나누자고. 경제도 반반, 가사도 반반, 애기가 태어나면 육아도 반반, 친정 시댁 가리지 말고 반반, 거기다가 각자 개인적인 장래나 희망에 대한 지원도 반반.

- 근데. 내가 약속 안 지킨 거 있어?

- 부지기수지.

- 말해봐! 안 지킨 게 도대체 뭐야?

- 좋아. 첫째…

새벽 1시.

- 니가 다니다 그만둔 학원이 몇 군덴 줄 알아? 자그마치 네 군데
야.

- 내가 그러고 싶어서 그랬어? 자긴 여자가 아니니까 몰라. 이 사
회에서 고등학교밖에 안 나온 여자가 할 수 있는 게 뭐 있는 줄 알
아? 말이 좋아 전문직이지 그건 하늘에 별 따기라구. 그만큼 투자가
많이 돼야 하는데 자기가 끝까지 나를 밀어줄 수 있어?

- 회사도 그만 두고 컴퓨터 배운다고 할 때 내가 학원비 다 대 주
고 밀어줬잖아?

- 그래서 그 돈이 그렇게도 아까워?

- 누가 아깝다고 그랬어? 칼을 뽑았으면 호박이라도 찌르던가 해
야지 중간에서 그만 둘 거면 왜 돈 쳐 들이고 다녔냐는 말이지.

- 말했잖아? 진짜 전문가 되려면 끝도 없다구. 어쨌든 좋아. 당신
덕분에 컴퓨터 배워 인쇄소에라도 취직했으니까… 그 대신 나도 올
해 당신 조합 활동하게 해 주었잖아? 난 약속 지켰다구. 그런데 조합
활동 한답시고 맨날 늦게 들어오고 한 번이라도 집안 일 도와준 적
있어? 어쩌다 일찍 들어오면 초저녁부터 곯아떨어지고…….

- 초저녁잠이 많은 것도 죄냐? 그런 너는 아침마다 늦잠 안 자냐?
결혼하고 지금까지 니가 아침 준비한 게 며칠이냐?

- 그렇게 초저녁잠이 많은 사람이 어떻게 회의하고 술까지 마셔?

- 술 마시는 거야 다르지.

- 허? 그래? 마누라하고 있으면 잠이 오는데 친구하고 있으면 안
그렇단 말이지. 그게 바로 마음이 식었다는 증거라구.

- 너 또 억지 부릴 거야? 엉?

- 왜 베개를 던져? 비겁하게. 화가 나면 나를 치라구.

- 치라면 못 칠까봐?

- 어디 쳐보시지.

- 어휴 이게 정말!

새벽 2시.

- 요새 나도 얼마나 힘이 드는지 알아? 종신고용제로 이름난 일본에서도 국제 경쟁력 때문에 계약사원을 뽑는데. WTO인지 세계화인지 우리 회사도 민영화 된다고 해서 회사가 얼마나 살벌한지 알아? 언제 모가지가 날아갈지 모르는 판인데 집에서까지 잔소리를 들어야하니. 에이!

- 당신 혼자 힘 드는 거 아니잖아? 다른 사람도 똑같이 힘 드는데 맨날 집에만 오면 인상을 쓰고 세상이 어쩌구저쩌구 화만 내니까 집 안이 이 꼴이란 말야.

- 회사에서도 눈치 보느라고 참는데 집에까지 와서 거짓 웃음을 웃으란 말야?

- 그럼 집이 무슨 화풀이하는 데야?

- 편하려고 결혼했지, 참을 거 다 참아야 한다면 뭐 하러 결혼을 해?

- 그럼 왜 결혼할 때 공동체니 하며 나한테 사기를 쳤어?

- 사기라니? 너도 억울하면 화를 내면 되잖아? 그럼 공동체 되겠네.

- 돈도 벌기 싫으면 안 벌면 되고?

- 물론이지. 내가 언제 너더러 돈 벌어 오라고 그랬냐?

- 내가 돈 벌고 싶어서 번 줄 알아? 당신이 하도 노조니 뭐니 하니까 불안해서 그런 거지. 누구 엄마는 공장 다니면서도 남편과 아이들 잘 수발하는 현모양처니 하면서 간접적으로 은근히 날 쫀 게 누군데?

- 하기 싫으면 당장이라도 관 뒈! 없으면 없는 대로 살면 되잖아!

- 남자라고 큰 소리는! 자기 월급으로 언제 애 키우며 살겠어? 택도 없다구! 주택적금은 어쩌고? 곗돈은 어쩌고?

- 돈돈 하지 마! 그렇게 돈이 좋으면 왜 나 같은 놈한테 시집을 왔어? 엉? 돈 많은 놈한테 가면 될 거 아냐!

새벽 3시.

- 너 정말 이렇게 계속 질질 짤 거야?

- …….

- 에이! 모르겠다.

- 옆에서는 울고 있는데 잠이 와? 본색을 드러내는군. 완전 이기적이라니까.

- 미치겠네. 나더러 어쩌란 말야? 출근 안할 거야? 오늘만 살다 죽을래?

- 그래. 이렇게 살 바에야 죽는 게 낫지. 이게 사는 거야? 별 보고 나가서 별 보고 들어와 밥 먹고 다시 잠자고. 이게 사는 거냐 말야? 일주일에 얼굴 마주보는 시간이 얼마나 돼? 한 달이면 두 번 시댁에

가고… 이럴려고 결혼했어?

　- 넌 무슨 뾰족한 수가 있냐? 있으면 말해봐. 너 하자는 대로 다 해줄게.

　- 당신은 변했어. 변했다구.

　- 환장하겠네. 뭐가 변했단 말야?

　- 왜 소릴 지르고 난리야? 방귀 뀐 사람이 성 낸다더니…….

　- 지가 먼저 신경질 부려놓고 이젠 나 때문이라고?

　- 내가 왜 신경질 부린 줄 몰라서 그래? 당신 신혼 때는 어땠는지 알아? 시댁에 갔다오면 나더러 쉬라고 하고 당신이 청소며 빨래며 반찬까지 다 만들고 그랬잖아? 뭐 담배? 내가 모를 줄 알고? 그러다 그냥 잠이 든 척 넘어가려는 심보지. 나야 다리가 부러지든 말든 자기 피곤한 생각밖에는 없잖아? 난 다 알아. 당신 마음이 변한 거.

　- 넌 안 변했는 줄 아냐? 퇴근하고 오면 세숫물 떠다 세수 씻겨주고 발까지 씻겨준 게 누군데? 지금 너는 어떤지 알아? 손이 없어요, 발이 없어요, 눈이 없어요? 수건 하나 양말짝 하나도 안 챙겨주면서. 피장파장이라구.

　- 그럼 맨날 술이나 먹고 밤 12시나 되서야 들어오는데 어디가 이뻐서 잘 해주겠냐? 그땐 땡 치면 집에 오니까 잘 해준 거지. 오는 정이 있어야 가는 정이 있는 법이라구… 뻑하면 세상이 어쩌니저쩌니 화만 내니.

　- 너는? 어깨가 아프니 손목이 저리니 맨날 아픈 타령에다 집에 들어오면 피곤하다 지겹다는 말뿐이고. 이건 집이 아니라 지옥이라고! 지옥!

- 지옥 같은 집에 안 들어오면 되잖아?

- 니가 불쌍해서 들어온다 왜?

- 내가 왜 불쌍해? 혼자 있으면 더 좋은데. 퇴근하고 친구들하고 외식하고 영화보고 일요일이면 등산가고 월차내서 여행하고 얼마나 좋아?

- 나도 마찬가지야. 친구하고 술 마신다고 누가 잔소리를 하나, 조합 일한다고 뭐라는 사람 있나?

- 잘 됐네. 그럼 우리 헤어지지 뭐.

- 말 다 했어? 진심이야?

새벽 4시.

- 결론이 뭐야? 맨날 똑같은 일로 싸우고, 결론 없는 것도 똑같고. 정말 지겹다구. 만약 다시 산다면 난 사랑이고 결혼이고 절대 안 할 거야.

- 인생은 한 번이야. 두 번 사는 게 아니라구.

- 당신에게 경고하겠어. 이번이 마지막이라고. 유럽의 홍수나 우리나라의 가뭄을 생각해 봐. 자연은 여러 번 경고장을 보내지만 사람은 그 경고의 위기를 깨닫지 못하잖아? 이러다간 언젠가 종말이 오고야 말 거라구.

- 나도 노력하고 있다구. 그러니까 너도 신경질만 부리지 말고 나를 좀 이해해 달라구. 저금 통장에 불어나는 돈이 인생의 목표는 아니잖아? 맨날 공구 차고 여기저기 뛰어다니며 사는 게 내 평생인데 날더러 어쩌란 말야?

- 당신은 그래도 노조 일을 하잖아?

- 노조가 무슨 요술램프라도 되냐?

- 그럼 왜 맨날 조합 따라 다니는 거야?

- 그거야… 그거라도 안 하면 불안하니까. 너도 그렇잖아? 같이 살 자니 갑갑하고 그렇다고 혼자 살자니 그렇고 그런 거 아냐? 별 수 있냐? 또 하루가 시작되었으니까 살아야 하는 거구 그래서 그냥 사는 거지.

- 조건이 하나 있어.

- 뭔데?

- 우리, 내일 아니 오늘 같이 월차 내자.

- 뭐? 같이 결근하자 이거야? 밤새우며 싸워서 얻은 결론이 월차내자고?

- 오랜만에 의견일치를 봤으니까 됐잖아?

- 의견일치라…? 좋아! (1995) 🐢

됐나? 됐다!

뭐가 씌어도 단단히 씌었지. 아니면 35살 노총각이 장가들어 첫아들을 얻고 보니 눈에 뵈는 게 없었나. 그렇지 않고서야 대명천지에 멀쩡한 사지육신을 달고 그렇게 미련하고 어리석게 변할 수는 절대로 없는 일이다.

"600만 원에 무이자 할부라꼬예?"

용팔이 반장한테 처음 이 얘기를 듣는 순간 놀보는 바로 이거다 싶었다.

"일년에 월급 12번 안 타나? 거기다 보너스 6번 합치면 18번 아이가? 600만 원을 3년 나누면 200만 원이고 1년에 200만 원을 18번 낼라카몬 한 달에 11만 몇 천 원만 내면 되는 기라."

놀보는 그 순간부터 이전의 놀보가 아니었다. 그의 머리 속에는 오직 한 가지 생각만 가득 찼다. 그날 밤 아기가 잠이 들자 놀보는 아내의 팔을 잡아당겼다.

"니 잠깐 따라와 봐라."

"와 이랍니꺼?"

가까스로 재운 아기가 깨지 않게 하기 위해 두 사람은 방문을 살며시 닫고 나왔다. 10평 아파트 부엌 겸 통로를 겸한 마루에는 둥근 식탁과 의자 두 개가 식당기능까지 겸하고 있었다.

"우리도 차 한 대 사자. 우떤노?"

"농담하는 깁니꺼?"

"비싼 밥 묵고 무신 농담이가?"

"농담 아이몬? 말 되는 소리 하이소. 월급만으로 줄타기하듯 아슬아슬하게 한 달 한 달 넘기며 사는 주제에 아니 3년씩이나 매달 12만 원 꼬박꼬박 갚을 능력이 어데 있습니꺼?"

"니 맨날 출퇴근 할 때마다 아기 업고 버스 타고 친정에 갔다 왔다 안 하나? 내 그거 볼 때마다 을매나 가슴이 아팠는지 아나? 사내 자슥이 오죽 못 났으면 처자식을 저렇게 고생시키겠노 하고 말이다. 거기다 언제고? 지난번에 갑자기 급성 폐렴 안 걸렸나? 그때 얼마나 시껍했노? 얼라는 숨을 못 쉬고 1분 2분을 다투는데, 택시는 없제. 이리저리 뛰다니다 애간장 끓인 생각을 하몬 아찔하다. 아플 때 차 있으면 급하게 병원에 갈 수도 있고 안 좋나?"

"내 월급이 한 달에 얼맙니꺼? 40만 원 좀 못되거나 좀 넘거나 하는 돈 갖고 이것저것 떼고 나면 35만 원 못되는데, 애 길러준다고 친정에 20만 원 드리고 차비로 길바닥에 뿌리고 병원 몇 번 드나들다 보면 난 옷 한 벌 사 입을 돈도 없어예. 비 온다고 택시 타제, 애 아

프다고 택시 타제. 우리 애기 먹을 거만 살 수 있어예? 친정 엄마 아
버지 먹을 것도 사야지예. 우리 애기 옷만 살 수 있어예? 친정 엄마
옷도 가끔은 사 드려야지예. 이렇게 저렇게 찢어지다 보면 월급이
남아나질 않는다니까예. 당신 월급에서 살림하고 남은 돈은 몽땅 적
금 안 넣습니꺼. 그래야 2년 후 전세금 올려줄기고 아기 위해 앞으
로 더 큰 방으로 이사를 갈려면 계속 더 많이 적금을 부어도 모자랄
판인데. 근데 무슨 수로 차 월부를 까나간단 말입니꺼?”

“그야… 내가 잔업 뛰면 안 되겠나? 특근에 야근에… 있는 거 다
하면서 좆뱅이 치면 된다카이. 내 새끼 내 마누라 위해서 일하는 긴
데 뼈골 빠지몬 우떤노?”

아내의 눈이 휘둥그레 벌어졌다.

“아니이 당신이 잔업을 한다꼬예? 잔업이라면 뭐 씹은 얼굴로 펄
펄 뛰던 사람이 와 그라는데예? 당신 요새 이상해졌는갑다.”

“그래. 이 싸나이 놀보도 아들 낳고 본 께네 변했다 아이가? 내도
내가 이상한 게 내 같지가 않다. 요새 아늘놈 얼굴 들여다보면 돈 많
이 벌어야겠다싶은 마음만 자꾸 든다. 우리 아들은 지가 하고 싶다
는 건 뭐든 다 해보게 하고 싶다. 내처럼 돈 없어 하고 싶은 것도 못
하몬 우짜겠노?”

“참말입니꺼?”

“참말이다.”

“그럼 됐어예. 당신이 그런 마음을 갖고 있다는 것만으로도 내는
충분하니까.”

“그기 무슨 말이고? 말로만 떠드는 건 내 생리에 안 맞는다. 실천

그것도 즉각 실시해야 되는 기라. 자 내일 당장 우리 차 사는 기다.”

아내는 어리둥절해져 남편을 멀뚱하게 올려다본다. 고지식할 만큼 물욕이 없던 사람이 갑자기 차에다 잔업에다… 안 하던 짓을 하면 무슨 일이 있다던데…….

“좋나?”

“……”

아내는 끝까지 흥분하지 않았다. 하긴 여자들이란 워낙 앙큼한 새침떼기라서 속을 잘 내보이지 않는 법이니까.

차를 처음 빼내 온 날 놀보는 완전 제정신이 아니었다. 부품 조립 라인에서 일하는 놀보는 하루에도 수십 대의 차를 보아 왔지만 그 차하고 이 차와는 비교할 수 없었다. 마치 이 세상에 많은 어린 아이가 있지만 자기 아들을 처음 팔에 안았을 때 생명에 대한 새로운 감동을 느끼듯이. 처음 흰 베이지색의 차를 본 그 순간 놀보는 잠깐 정신을 잃었다. 날개 단 하얀 천사 같기도 하고 눈같이 흰 백마 같기도 했다. 놀보는 한마디로 전신의 핏줄이 터질듯 후끈한 열기를 느꼈다. 아내를 처음 만났을 때 피가 머리로 치솟아 온 몸이 불덩이처럼 뜨거워졌던 그때처럼.

그러나 이런 뜨거운 열기는 거품처럼 너무나도 빨리 사라졌다. 놀보는 정신없이 밀어닥치는 서류와 청구서에 두 번째 정신을 잃을 뻔했다. 번호비에 번호판 비용, 등록세, 취득세 해서 100만 원 가까운 돈이 나갔다. 종합보험료 1년치 중 60%만 우선 지불을 했다. 그러자 이번에는 자동차세가 기다리고 있었다. 후불이라지만 한 달 뒤라 찜찜했다.

차에 대해 시큰둥하던 아내는 예상대로 차 안을 들여다보고는 애기를 태우려면 시트카바를 해야 하느니 차고가 없으니 차 덮개도 사야겠느니 하며 거들기 시작했다. 백미러, 핸들커버, 어린이와 어른을 위한 카셋트도 10여 개 샀다.

손가락으로 큰 돈을 어림짐작해 봐도 200만 원이라는 돈이 빠져나간 셈이다. 그것도 단 일주일 사이에.

"겁나게 돈 나가네. 에잇 쌍. 이판사판이다. 내도 모르겠다."

놀보는 더 이상 돈 계산 같은 건 하지 않기로 했다.

"오늘은 어디로 모실까예? 사모님, 분부만 내리십쇼."

남편을 쉬게 하려는 아내의 마음이 예뻐 놀보는 더욱 아내를 위해 기사가 되기를 기꺼이 청했다. 아내가 가고 싶다는 곳은 두말 없이 차를 몰고 갔다. 차가 밀리든, 넘치든, 나도 한번 끼어보자는 심정으로 백화점이나 식당 앞까지 차를 몰고 갔다. 복잡한 시내에 자가용을 끌고 나다니는 사람들을 누구보다 미워하며 욕을 해대던 놀보가 이젠 안면몰수하고 시장이건 극장이건 가리지 않고 무조건 차를 디밀게 된 것이다. 주말엔 바닷가, 산, 저수지에도 놀러갔다. 외식도 자주 나갔다. 산골에서 농사짓는 부모님 댁에도 두어 번 다녀왔다. 고향의 동네 어른들 앞에서 의기양양해 하시던 부모님의 흐뭇한 표정은 잊을 수가 없었다.

그러나 한편으로는 돈이 정신없이 빠져나가는 소리가 들려왔다. 쉭쉭. 한 달에 기름값만 15만 원이 나갔다.

"돈 100만 원이 별거 아이네. 완전 물 아이가?"

보너스와 월급을 합치니 제법 봉투가 두툼했다. 그러나 그동안 빌려 쓴 돈을 갚고 나니 거짓말처럼 수중에 돈이 남지 않았다. 아니 다음 달을 위해 돈을 더 빌려야할 판이었다.

"아니 진짜 당신 잔업 이렇게 많이 했어예?"

놀보의 봉투에 적힌 잔업시간을 본 아내는 놀랐다. 놀보는 지금까지 이런 잔업시간을 달아본 적이 없었다.

"다음 달엔 더 많을 기다."

의기양양해하던 큰소리와 달리 다음 날 아침 놀보는 세면대에다 시뻘겋게 코피를 물들이고 말았다. 아내는 충격을 받은 듯 했다. 그날부터 아내는 차 타기를 꺼렸다. 일부러 피곤하다면서 일요일에도 들어 누워 있기만 했다.

"차 타고 싶지 않나?"

"개나 소나 다 차 끌고 다니는 세상인데 뭐가 타고 싶겠노? 내는 집에서 잠이나 잘랍니더."

며칠 뒤였다. 같은 과의 대의원이자 노민추의 후배가 다가왔다. 그러고 보니 두 번째 징계 받고 쉬고 있는 노민추 위원장 가족을 돕기 위한 후원금 생각이 났다. 헌데 이걸 어쩐다? 다른 때 같으면 만 원짜리 서너 장이야 선뜻 내밀었을 놀보의 손이 한참동안 주머니 속을 헤매고 나올 줄을 몰랐다.

"미안하다. 차 사고 본께네 생각지도 않게 들어가는 돈이 많아서……."

여기까지 말하다말고 놀보는 입을 다물었다. 휴직 당한 동료를 앞에 두고 차 타령을 하다니…….

"다음에 다시 보자마."

후배는 돌아서다 말고 놀보를 가만히 들여다보았다.

"형님 오늘 하루 잔업 쉬면 안 됩니꺼?"

"와?"

"형님 얼굴이 아주 안 좋습니더. 과에서 다들 말이 많아예. 저러다 큰 병나겠다고 걱정이 대단합니더. 형님. 건강 조심하시라예. 아무리 돈도 좋지만 병들면 아무 소용없는 거 아입니꺼?"

놀보는 얼굴이 화끈 달아올랐다. 후배 보기가 부끄러웠다. 그를 걱정하는 동료라고 하면 노민추 친구들이 뻔했다. 하지만 후배는 분명 과 동료라고 말했다. 순간 놀보는 그게 무슨 의미인지를 알아챘다. 놀보가 차를 산 뒤로 노민추 사람들을 부담스러워한다는 걸 알기 때문에 일부러 노민추란 말을 꺼내지 않았던 것이다. 놀보는 그동안 새까맣게 잊고 있던 노민추 친구들이 떠올랐다. 그들 눈에 놀보는 배신자처럼 보였을지도 몰랐다.

"니들 볼 면목이 없다… 니도 내가 변했다고 생각하나?"

그 말이 무엇을 의미하는지 안다는 듯 후배는 놀보를 향해 웃어보였다.

"형님예. 이래 뵈도 지는 나이는 어려도 결혼에서는 형님보다 단연 선배라예. 형님 심정 이해하고도 남습니더. 신혼 초엔 다들 처자식한테 폭 빠지는 거 아입니꺼? 노민추 친구들은 형님이 걱정하는 정도로 속 좁은 친구들이 아닙니더. 단지 아까 말한 대로 너무 과로하지 않게 조심하는 것만 잊지 마시라 이겁니더."

놀보는 아닌 게 아니라 무리를 한 탓인지 걸핏하면 피곤했다. 집에 돌아가서는 누워 자기 바빠서 아내와 아들 얼굴 한번 제대로 볼 틈이 없었다. 누굴 위해 이렇게 일하는데 정작 보고 싶은 얼굴도 못보고 잠이나 쿨쿨 자다니. 그러고 보니 아내와 대화를 나눠 본 적도 오래되었다. TV 보다 보면 대화할 시간이 없다고 해서 놀보네는 아예 TV를 꺼버리고 살았다. 그런 부부였는데 TV 때문이 아니라 과로와 피곤 때문에 대화할 시간 여유도 못 갖다니.

아내의 웃는 얼굴을 본 적이 언제였던가. 아내 역시 항상 지치고 피곤한 얼굴이었다. 남편 놀보가 코피를 흘린 다음부터 아내 역시 잔업을 뛰겠다고 나섰고 결국 부부는 퇴근 후에도 서너 시간을 잔업에 시달려야만 했다. 아내를 위해 자동차를 샀지만 결과적으로는 아내까지 더 힘든 노동에 혹사당하게 만든 것이다. 무엇을 위해서란 말인가?

알고 보면 이 모든 어리석음이 자가용을 위해서였다. 자동차가 과연 무엇이란 말인가? 놀보에게 한때 자가용이란 부와 출세의 상징이었다. 그러나 날이 갈수록 놀보의 마음은 괴로웠다. 자가용을 가졌다고 갑자기 사장님과 사모님이 되는 것도 아니고, 전보다 더 힘들게 사는데 그렇다면 도대체 차가 우리에게 무슨 의미가 있단 말인가.

차 한 대 살 돈이 있다는 것과 차 한 대를 굴리며 운영할 수 있는 것과는 하늘과 땅 차이가 있는 것이다. 바로 이 차이를 몰랐던 탓에 그저 차 한 대만 사면 자가용을 가진 중산층으로 단박에 올라선다고 생각한 것이다.

— 21세기를 앞두고 소득 1만 불을 바라보는 세계 속의 한국은 바야흐로 삶의 질을 높이는 선진국을 향해 발걸음을 힘차게 내딛는 중입니다. 여기 보십시오. 자랑스러운 한국의 노동자들에게도 이제 자

가용은 사치품이 아닌 생필품이 되었습니다. —

공익광고의 거짓 선전에 속아온 바보. 빛 좋은 개살구에 눈이 멀다니!

놀보는 점점 차 탈 맛이 없어졌다. 물론 아내와 외출하는 일도 거의 없었다. 시간만 나면 쉬고 싶었다. 거기다 6개월 동안에 3번의 차 사고가 났다. 물론 가볍고 흔한 접촉사고였지만 놀보에게는 간이 콩알만 해진 사건이었다. 안전벨트를 안 맸다고 벌금 5만 원짜리 딱지를 떼고 겁에 질렸던 왕초보 시간이 지나자, 이번엔 문짝에 금 하나 긁혔다고 10만 원, 그 다음엔 앞차가 갑자기 급정거하는 바람에 앞차의 뒤 라이트와 범퍼를 망가뜨렸다고 해서 10만 원, 놀보의 차 역시 앞 범퍼와 라이트 한쪽이 깨져서 수리를 맡겼고 결국 하루아침에 20만 원이 날아가 버렸다. 20만 원이라니… 잔업을 몇 시간 달아야 20만 원이 되나?

기가 막혔다. 놀보는 점점 도로에 나가기가 두려웠다. 움직이면 돈이라는 말은 바로 이런 경우를 두고 하는 말이다. 어리석게도 한 달에 자가용에 지불하는 돈이 12만 원의 월부금이 다라고 생각했으니…….

그러던 어느 날, 마침내 올 것이 오고야 말았다. 출근길에 아내가 쓰러지고 만 것이다.

놀보는 병원 복도의자에 죄 지은 사람처럼 쭈그리고 앉아 머리를 감싸 쥐었다.

자가용을 굴린다고 노동자가 중산층이 되는 건 아니다. 아무래도 자가용 때문에 눈이 멀었던지, 아니면 머리가 잠깐 돌았던 모양이다. 착각도 유분수지, 너무나 부끄러웠다.

한국의 세계화는 하루아침에 무너질지 모르는 성수대교나 대구 지하철 가스참사 같은 것이다. 국제 테러리스트도 무서워 못 들어온다는 건설테러의 나라에서, 애시당초 노동자가 꿈이니 이상이니 하는 걸 갖는 게 정신 나간 짓인지도 모른다.

자가용 꿈은 빨리 깰수록 좋아. 놀보는 진심으로 자신의 어리석음을 후회했다. 자신을 포함하여 많은 동료들이 끊임없이 새로운 월부 차, 월부 사원주택에 목을 매고 평생 월부 돈 갚는 노예로 살아간다는 사실을 똑바로 바라보게 되었다. 월부 차와 월부 주택은 노동자를 임금노예로 묶어놓기 위한 경품에 불과했다.

병실에서 의사가 나와 복도를 걸어가는 게 보였다. 놀보는 벌떡 일어나 담당의사의 뒤를 따라갔다.

"보호자 되십니까?"

"네. 남편입니다."

"부인은 과로로 쓰러진 것뿐이고, 다행히 다른 덴 이상이 없고요. 잘 쉬게 하고 충분히 영양섭취를 하면, 될 겁니다."

놀보는 병실 안으로 들어섰다. 의식이 돌아온 아내의 얼굴은 창백하다 못해 납덩이같았다. 놀보의 눈에 이슬이 맺혔다. 콧등이 시큰거렸다.

"미안하다. 생각이 짧았어. 남편 잘못 만나 고생만 시키고……."

"식구들 위해 주려다 그런 건데 와 당신이 미안합니꺼? 내가 건강을 잘 챙기지 못해 그런 건데… 당신한테 미안하지예."

"당신이 쓰러진 걸 보자 정신이 퍼뜩 들었다. 신입사원 하나가 차를 사고 싶다캐서, 우리 차 팔기로 했다. 니 찬성이제?”

“사실 그 전부터 팔자꼬 말하고 싶었어예. 노민추 후원금으로 겨우 만 원 한 장 달랑 줬다고, 당신 을매나 괴로워 했어예? 넘 보기 좋으라고 차 타는 거 아니잖아예? 잘못해서 한번 노예 되면 평생 노예 되는 기라예. 좋은 교훈 얻었은께네, 이자 아무 미련 없어예.”

“그럼, 됐나?”

“됐다.” (1995)

슬픈 첫사랑

하필이면 왜 이런 때 그때 생각이 나는지 모르겠다.

회사 밖에는 전경 천여 명이 진을 치고 있고 언제 들어올지 모르는 공권력에 맞서 투지를 불태워야하는 중요한 순간에 말이다.

지지리도 가난했던 시절, 세상에 태어나 처음으로 이 세상이 정말 개 같다고 생각하던 그런 때. 그리고 나 역시 한 마리의 개처럼 컹컹컹 짖으며 그렇게 살던 때가 생각난다.

그렇다.

한때 나는 시키면 시키는 대로 물구나무도 서고, 앞발을 비비면서 개 같은 세상을 개처럼 살아왔다.

왜 세상은 개 같은 건지… 왜 나는 개같이 살아야하는지… 이런 걸 미처 깨닫기도 전에 나는 그냥 개 같은 세상에 던져졌고 그래서 개같이 살수 밖에 없다고 생각했다.

열아홉 살 때다. 그러니까 지금부터 8년 전이다.

처음으로 한 여자를 알게 되었고 그 여자를 짝사랑하는 열병에 걸려 아무것도 보이지도 들리지도 말하지도 못했던 신열에 들뜬 그런 때였다.

야간 공고를 다니던 나는 때로는 주유소에서 기름도 넣어주고 때로는 가스배달도 하면서 일정한 직업이라기보다 돈을 버는 일이라면 닥치는 대로 일을 해서 겨우 학비를 마련하곤 했다.

어느 날 아침 오토바이를 타고 가스를 배달하다가 우리 집 옆 골목에서 나오는 그 여자애를 처음 본 것이 그만 열병의 시초가 되고 말았다. 두어 번 그 여자애를 마주치게 되면서는 지날 때마다 나도 모르게 골목길을 두리번거리게 되었다.

어느 날 참다못한 나는 동헌이라는 친구 녀석에게 열병의 고백을 하고 말았다. 그런데 뜻밖에도 동헌이란 놈이 그 여자애를 잘 안다는 것이었다. 시골 초등학교 동창으로 이름은 최미정이라며, 집안 내력까지 훤히 들려주었다.

어머니, 그리고 3년 전 농약중독으로 쓰러져 앓아누운 아버지는 참치통조림 만드는 동원산업엘 다닌다는 것. 미정이는 현재 한일합섬에 다닌다고 했다. 중학교와 고등학교에 다니는 남동생 둘에, 모두 다섯 식구가 방 두 칸짜리 달셋방에서 산다는 것까지 자세히 들려주었다.

어머니 혼자 4남매를 키우던 우리 집도 미정이네만큼 지지리도 가난했다. 그래선지 나는 미정이가 더 가깝게 느껴졌다. 그러나 이런 마음을 어떻게 표현해야할지 몰라 혼자 애만 태우던 중이었다.

3학년 여름방학이 다가오고 있었다.

하필 졸업을 1년 앞둔 그때 오토바이 사고가 나서 나는 가스 집을 그만두게 되었다. 그 뒤로는 영 취직도 잘 안되어 학비 마련할 걱정까지 겹쳐 주머니 사정이 말이 아니었다. 바쁘게 일하는 것도 아니고 그렇다고 용돈이 넉넉한 것도 아니니 할 일 없이 집에서 빈둥거리기만 하게 되었다. 그러다보니 하루 종일 미정이 생각만 났고, 점점 가슴이 바짝바짝 타들어가 미칠 지경이었다.

어느 날 용기를 내어 나는 미정이가 잔업 끝나고 집에 올 시간에 맞춰 버스정류장으로 나갔다. 동헌이와 같이 가다 길에서 곁다리로 몇 번 눈인사를 주고받은 적은 있었지만 단둘이 이야기를 해본적은 없어서 약간 겁이 나기도 했다.

"오랜만입니다. 퇴근하는 길입니까?"

물론 우연히 만난 것처럼 나는 바쁜 척 그녀 옆으로 걸어갔다.

"아… 덕모 씨… 네. 집에 가시는 길인가보죠?"

그녀가 내 이름을 기억하다니……. 상상도 못할 일이었다. 거기다 반갑게 웃으며 상냥하게 대꾸까지 해주다니……. 너무나 당황한 나머지 걸음걸이가 휘청거릴 정도였다. 다음 말을 어떻게 이어야 할지도 잊은 채 나는 침을 삼키며 그녀의 옆모습을 지켜보았다.

가까이서 보니 미정이는 더욱 예뻤다. 얼굴은 하얗고 통통했다. 착하고 순진해 보이는 인상이 더욱 맘에 들었다. 거기다 자그마한 키를 아장아장 걷는 모습이 여간 귀엽지가 않았다. 원래 시커멓고 못생긴 얼굴에다 키만 멀뚱하게 크고 비쩍 마른 나는 희고 통통한 여자만 보면 무조건 다 이뻐 보였다.

　혼자만의 황홀한 생각에 젖어있는 사이에 어느새 그녀와 갈라지는 골목 앞에 와 버렸다.

　"저는 이쪽으로 가는데……."

　"아 그러십니까. 그럼 안녕히……."

　아차! 나는 돌아서는 미정이의 뒷모습을 멍하니 쳐다보며 뒤통수를 긁기만 했다. 바래다준다든가 아니면 다음에 만나자든가 하며 말을 더 걸 수도 있었는데… 후회해도 소용없는 일이었다.

　방에 돌아오자마자 나는 이불을 주먹으로 마구 쳐댔다.

　"탕! 탕!…"

　이런 병신! 이런 바보! 차린 밥상도 못 찾아먹는 이런… 다시 그녀를 만날 용기가 없었다. 둘러댈 핑계도 떠오르지 않았다.

　난 어떻게 해서든 미정이의 관심을 끌고 싶었다.

　지저분한 작업복차림에 슬리퍼나 질질 끌고 어슬렁거리던 나는 그때부터 부쩍 외모에 신경을 쓰기 시작했다. 목욕도 자주 가고 머리도 자주 감았다. 얼굴 생긴 거야 어쩔 수 없지만 옷이라도 잘 입고 싶었다. 그 당시는 메이커가 있는 옷과 운동화가 처음 나올 때였다. 값도 꽤 비쌌다. 나도 돈 많은 집 아이들이나 입는 프로스펙스나 나이키 같은 상표가 붙은 운동화를 신고 미정이 앞에서 뽐내고 싶었다. 지금은 유치하기 짝이 없는 생각이지만 그때는 그래야 여자의 환심을 사는 걸로 알았다. 주머니는 동전소리로 짤랑거렸지만 그렇다고 혼자 고생하는 어머니한테 손을 내밀 수도 없었다. 나는 밖에도 안 나가고 집에만 웅크리고 며칠을 누워있었다.

"덕모야, 얌마! 빅 뉴스다!"

동헌이는 방문을 열자마자 환호성을 지르며 나를 일으켰다.

미정이 생일이 며칠 뒤란 걸 알아냈다는 것이다. 여자는 선물에 약하니까 생일선물을 구실로 만나면 되지 않느냐면서 다짜고짜 선물 사러 나가자는 것이었다. 하지만 돈이 있어야지? 나는 한숨을 쉬었다. 선물도 사야하지만 미정이를 만날 때 입고 갈 번듯한 옷 한 벌도 없었다. 연애도 돈이 있어야한다고 생각하니 갑자기 모든 의욕이 사라져 의기소침해지고 말았다.

"야 우리 거기 가볼까?"

갑자기 녀석이 킬킬 웃었다.

내가 사는 동네는 가난한 산동네였지만 바로 아래 동네는 잘 사는 사람들이 사는 동네였다. 동헌이 말은 잘 사는 동네 가서 쓸만한 옷을 빨래 줄에서 슬쩍 해오자는 것이었다.

"싫다! 그런 짓까지 해가며 여자 만나러 가고 싶지 않다!"

"째끼… 한 번 입고 빨아서 도로 갖다 주면 될 거 아냐?"

듣고 보니 그럴 듯했다. 갖는 게 아니라 빌려온다고 생각하면 되지 않을까? 장난처럼 주고받던 이야기가 점차 진짜 가자는 말로 바뀌어졌다. 겁도 나고 호기심도 났다. 그래도 안돼! 한번 해볼까? 머리 속에서는 두 가지 마음이 싸우고 있었다. 난 못해! 할 수 있을까?

"얌마. 밑져야 본전이지. 한번 가 보는 거야!"

나는 동헌이가 내뱉는 한마디에 울컥 아무 생각 없이 따라 나섰다. 나는 망을 보기로 하고 동헌이가 담을 넘어 들어가기로 했다. 하지만 가진 게 많은 사람들은 지킬 것도 많았다. 담이 높아 그냥 넘을 수가 없는데다 가시 철망, 유리조각 해서 도저히 담을 넘을 엄두가 나지 않았다.

"얌마. 그냥 가자!"

포기하고 그냥 돌아오던 길이었다. 창고 겸 장독대겸 해서 낮게 슬라브를 친 지붕위에 하얀 운동화가 얼핏 눈에 띄었다. 키를 조금 늘이면 손이 닿을 수 있는 그런 높이였다.

"야. 프로스펙슨데! 어때?"

눈이 마주치자마자 동헌이 점프를 했다. 농구하듯 몸을 날려 두어 번 껑충거린 끝에 운동화 두 짝은 땅으로 떨어졌다. 나는 바지 주머니에 두 손을 찌른 채 주위를 왔다 갔다 하며 두리번거렸다. 가슴이 마구 두근거렸다.

동헌은 날쌔게 집어 달리기 시작했다. 나도 무작정 달렸다. 어떻게 집에까지 왔는지 기억도 안 났다. 심장이 터질 것처럼 마구 뛰다가는 다시 오그라드는 것처럼 숨이 막혀 왔다. 한참 뒤에야 정신을 차린 우리는 손에 든 운동화를 쳐다보고서 마주 보고 웃고 말았다.

"야. 이거 여자 운동화 아냐?"

쓸모가 없다는 생각을 하니 허탈하면서도 한편 마음이 가벼웠다.

그때 문득 미정이 생각이 떠올랐다.

버스정류장에서 만났을 때 미정이가 신고 있던 실내화 같은 하얀 운동화… 수십 번 빨아서 닳고 닳아보이던 낡은 운동화… 어쩌면 그 작은 발이면 이 운동화가 꼭 맞을지 모른다.

그날 밤 늦게 나는 미정이네 집으로 살금살금 다가갔다. 문짝의 빗장을 살그머니 벗긴 뒤 방문 앞의 쪽마루에 운동화를 가만히 올려놓았다. 그리고 가슴 속에 접어두었던 편지봉투를 꺼내 운동화 속에 집어넣었다. 생일을 축하한다는 한마디였지만 그건 처음으로 여자에게 써본 사랑의 고백이기도 했다.

대문을 나서는데 자꾸만 발길이 떨어지지 않았다. 가서 도로 가지고 올까? 내가 사랑하는 여자한테 그런 운동화를 보내다니… 단박에 새 운동화가 아니란 걸 알 텐데… 하지만 이미 엎질러진 물이었다. 찾아다가 주인에게 도로 가져다놓고 싶지도 않았다. 아니 그 운동화를 아예 잊어버리고 싶었는지도 모른다.

내 생애 그날 밤처럼 슬픈 날은 없었다.

밤새도록 이불을 뒤집어쓰고 나는 울고 또 울었다.

그리고 두 번 다시 나는 미정이를 만나지 못했다.

세상은 그때와 다름없이 여전히 더럽고 개 같지만 적어도 현재 나는 개처럼 컹컹컹 짖으며 살고 있지는 않다. 내가 이렇게 옥상에서 밤이슬을 맞고 있는 한 적어도 나는 한 마리의 개는 아니다.

내 동료들… 술잔을 높이 들고 함께 싸우자던 힘찬 약속과 맹세들은 다 어디로 갔을까. 지금쯤 횟집에서 술을 마시고 고스톱 판으로 갔을까. 아니면 맥주를 마시고 노래방에서 신나게 노래를 부르고 있을까. 아니면 돈을 벌겠다고 공사판이나 스페어 운전수로 허벌나게 뛰고 있을까. 아니면 배낭을 지고 산을 갔을까. 낚싯대를 드리우고 고기를 낚고 있을까. 아니면 가족을 데리고 모래사장에서 별을 보며 거닐고 있을까?

친구여…….

어차피 개 같은 세상인데 개처럼 사는 게 어떠냐고 냉소 짓지 마라.

냉소는 어디까지나 냉소일 뿐. 냉소를 보낸다고 개 같은 세상이 인간다운 세상이 될 리가 없다. 냉소로는 개 같은 세상은 끄떡도 하지 않는다.

이제 냉소는 개한테나 던져주자.

개는 죽고 그리고 죽은 개는 인간으로 다시 태어나야 한다.

하필 이런 어울리지도 않는 시간에 다른 동지까지 욕되게 할지 모른다는 수치심까지도 억누르고 나의 슬픈 첫사랑 이야기를 꺼내는 건 동지들을 향한 나의 다짐이요 약속이다.

앞으로 나는 개처럼 살지 않겠다는, 앞으로 나는 인간으로 살겠다는 선언인 것이다.

죽은 개를 위한 그리고 다시 태어나는 인간을 위한 의식인 것이다.

밤에는 모기에게 뜯기고 낮에는 불같은 햇볕에 등줄기를 태우면서 우리 사수대는 밤낮없이 땀에 젖은 작업복을 걸치고 충혈된 눈으로 우리의 삶터를 지키고 있다. 별을 바라보며 스티로폼 위에서 휴지뭉치를 베개 삼아 한 잠을 자고 일어나면 동지들이 어설픈 솜씨로 끓인 밥과 찌개가 우리의 아침을 맞으며 기다린다. 불가마 같은 불볕더위는 우리의 동지애를 쇠처럼 더욱 단단하게 강하게 만들어 준다. 아니 우리의 땀방울은 뜨거운 동지애를 식혀주는 시원한 청량제이다.

비로소 나는 파업의 며칠동안 세상에 태어나서 처음으로 개 같은 세상을 잊을 수 있었고 더불어 나 역시 개가 아니라 인간처럼 사는 기쁨을 맛보게 된 것이다.

오늘밤도 별이 총총하다.

회사로부터 공무집행 방해로 수배가 떨어진 위원장과 집행간부 8명은 이따금 밤하늘의 총총한 별들을 바라보며 옥상을 왔다 갔다 하고 있다. 밖에서 걱정하는 것과 달리 나를 포함한 사수대 백여 명도 모두 담담한 심경이다.

동지들이여!

아직 노동해방의 날은 오지 않았고 나 역시 아직은 노동해방의 길 위에 내 피를 뿌릴 만한 투사의 경지에도 이르지 못했다.

그럼에도 새벽이면 나는 닭장차에 실려 갈 것이다.

죽을 수는 있어도 무릎을 꿇고 살 수는 없다.

이것이 진실한 사랑이다.

진실한 사랑은 진실을 통해서만이 완성된다.

옥상에 남은 동지들의 진실한 사랑이 나에게 소중한 이 한마디를 깨닫게 해주었다.

아직도 별이 총총하다. (1992)

우루사 두 알과 박카스 한 병

환장할 일이다.

알다가도 모를 일이 남녀 사이라더니 내가 그녀를 사랑하게 되다니… 자다가도 그 생각만 하면 벌떡 일어나 내 살을 꼬집을 정도다.

"사람은 오래 살고 볼 일이야."

나 하면 한일중공업에서는 둘째가라면 서러워할 정도로 알아주는 꼴통이다. 난 어려서부터 누구의 말도 듣지 않는 성미였다. 세상 천하 없는 사장 아니 반장이 지랄을 해도 잔업 특근 안 하기로 유명한 것도 나고 수틀리면 언제 어디서 누구에게나 꼬장도 피우고 손해 볼 줄 뻔히 알면서도 똥고집으로 밀고나가는 때도 많아 노조의 친구들까지도 고개를 절래절래 젓던 놈이 나였다.

그런 나한테 요즈음 사람이 달라졌다느니 인간이 되어 간다느니 하는 말이 심심찮게 들린다.

"칭찬이냐? 욕이냐?"

삐딱하게 대답은 하면서도 속으로는 기분이 과히 나쁘지는 않다. 여자 잘못 만나 신세 망쳤다는 말보다는 듣기가 낫다.

사실 꼴통들이 으레 그렇듯이 나 역시 억세게도 여자 운이 없는 놈이었다. 그렇다고 명절날 극장 앞에 늘어선 손님처럼 여자가 줄을 선다는 그런 친구보다 못생겼냐하면 천만의 말씀이다. 카리스마의 대명사 최민수 뺨치게 키 크고 박력 있고 멋있는 틀을 가졌지만 흠이라면 너무 잘 생긴 게 흠이랄까. 으레 나처럼 잘 생기다 보면 여자들이 겁이 나서 감히 접근을 못하는지도 모른다. 여하튼 그런 내가 스물여섯이 되도록 흔한 풋사랑이고 첫사랑이고 짝사랑이고 간에 사랑이란 두 글자 근처에는 가보기도 전에 딱지 맞기 바쁠 정도였으니 세상은 정말 불공평하기 짝이 없다.

"난 아가씨가 맘에 드는데… 아가씬 내가 어때?"

난 솔직한 걸 좋아한다. 그리고 여자만 만나면 할 말이 없다. 그러니까 여자를 만나도 싫으면 싫다 좋으면 좋다고 한마디로 끝내는 게 내 특기다. 그런데 내가 입을 열기만 하면 다 달아나니 여자 속은 알다가도 모를 일이다.

그런데 작년 가을에 우리 부서에 아가씨가 하나 입사를 했다. 여자가 용접을 한다는 것도 웃기는 데다 첫인사를 나눌 때부터 밥맛이 없었다.

"야!"

야아? 잘 나가봤자 스물 대여섯이나 될까. 그런 기집애가 감히 고

참한테 야아라니?

"잘 부탁한다!"

어깨까지 툭툭 치며 한다는 소리가 첫마디부터 재수 없게 반말 지 꺼리다. 이게 쌀 반 톨짜리만 먹고 자랐나? 하도 기가 막혀서 말도 나오지 않았다.

"잘해 보자구."

"환장하겠네."

여기저기서 킥킥대는 웃음소리가 터져 나왔다. 동료들이 손짓 눈 짓을 하며 두 사람을 가리키는걸 보자 나도 모르게 얼굴이 빨개져버 리고 말았다.

그날부터 나는 그녀를 골탕 먹이려고 온갖 지혜를 짜서 구질구질 한 심부름을 다 시켰다. 수습기간은 직속 고참이 사장보다 더 무서 운 법이었다. 그러나 그녀는 똑같은 심부름을 몇 번이고 시켜도 얼 굴 한번 찡그리는 법이 없었다. 얼굴가죽이 보통 두꺼운 게 아니다. 그러면서도 속으로는 사실 보통 놀린 게 아니다.

여성임금이 너무 싸서 일부러 힘든 용접을 택했다는 그녀는 두 동 생 학비를 대 준다는 맏딸답게 작업장에서도 책임감이 강했다. 머리 가 좋은지 눈썰미가 있어선지 일도 금방 배워 고참들도 똑 소리 나 는 그녀의 능력을 이구동성으로 인정해주니 섣불리 그녀를 트집 잡 기가 점점 힘이 들었다.

복수할 기회만 벼르던 하루 이틀이 자꾸만 지나갔다.

나는 점점 초조해지기 시작했다.

원래 사람이란 게 첫인상이 너무 좋으면 나중에는 실망하게 되고 반대로 첫인상이 그저 그러면 지낼수록 좋은 점이 보여 정이 깊어진다던 말이 있다. 내가 딱 그 짝이었다.

워낙 첫인상이 더러워서 기대는 고사하고 더 이상 악화될 게 없었다. 그러니 사람인 이상 앞으로 보여지는 건 장점 밖에 더 있겠나. 그래서 그런가? 한솥밥을 먹으며 같이 일하며 지내다보니 생각보다는 낫다는 생각만 드니 환장할 노릇이었다. 친구들과 술을 마셔도 내입에서는 매일같이 그녀 이야기만 튀어나왔다. 친구들은 그러다 좋아하겠다고 놀려댔지만 천만의 말씀이다. 어디 여자가 없어서 그런 여자를. 평생 장가를 못가도 그런 여자하고는 절대 결혼 안한다고 큰소리치고 집에 돌아와서도 내 머리 속에는 그녀의 모습으로 가득 찼다. 잠을 잘 때도 그녀 생각만 했고 꿈속에까지 그녀가 나타날 때도 있었다.

그럭저럭 그녀가 석 달이라는 수습기간을 끝내갈 무렵이었다.

그런데 이상했다. 그녀의 부서가 옮겨질 거라는 사실이 초조해지면서 나는 그 초조가 그녀를 골탕 먹일 시간이 얼마 안 남았다는 데서 오는 초조인지 아니면 그녀와 헤어져야 한다는 데서 오는 초조인지 분간이 가지 않았다.

나는 점점 더 약이 올랐다. 그러던 어느 날이었다.

작년 봄에 갱신한 단협을 회사는 이행하지 않고 있었다. 조합에서는 회사와의 두 달간의 줄다리기 끝에 파업을 투표로 결정짓기로 했다. 자동차 수출이 늘어나 생산량은 엄청나게 많아졌는데도 일 더하기 운동을 핑계로 단협에서 결정한 성과급조차 연말에 정산해주지 않았다. 조합원의 불만이 폭발했다.

돈도 필요 없으니 법정 작업시간을 지키라고 아우성이었다.

바로 투표 전날 점심시간이었다.

30대 아저씨 한 분이 한 숨 쉬듯 담배연기를 내뿜으며 말했다.

"요즘은 밥만 먹고 나면 곯아 떨어져서 통 맥을 못 추겠대. 밤일 못해준다고 마누라는 마누라대로 신경질이지. 하지만 그게 어디 엿장사 맘대로 돼야 말이지."

그러자 얼마 전에 딸을 낳은 동료가 내 옆구리를 쿡 찔렀다.

"꼴통. 너 큰일이다. 마누라가 그러는데 우리 회사 다니는 남자들한테는 딸을 주지 않는다는 소문이 파다하대. 회사 일이 하도 세서 남자들이 하나같이 비실비실하다는 거라. 있던 마누라들도 다 도망가는 판인데 넌 어쩔 거냐? 괜히 이리 빼고 저리 빼지 말고 체면 자존심 빨리 버리고 여자만 봤다하면 눈 딱 감고 매달려라. 안 그러면 평생 총각귀신 된다. 형님 말 알아들었냐?"

나야 그런 말 한두 번 들은 것도 아니고 이미 그런 충고 아닌 비아냥에는 이골이 난 처지였다. 모두들 그녀를 쳐다보며 의미심장하게 빙글거리며 웃었다. 하지만 그녀는 못들은 척하며 철판을 긁어대고 있었다.

나는 바닥에 굴러다니는 쇠파이프를 하나 주워 허공을 향해 휘둘렀다. 휘익 하며 바람 가르는 소리가 날카롭게 들렸다.

"그러니까 마누라란 사흘에 한 번씩 몽둥이로 이렇게 맛을 보여줘야 된다니까요."

이번에야말로 나는 그녀를 강하게 의식하며 크게 소리쳤다.

그때 40이 넘은 송씨 아저씨가 내 옆으로 다가오면서 장갑 낀 손으로 내가 들고 있던 쇠파이프를 잡았다.

"미안하지만 꼴통. 마누라 때리는 몽둥이는 그 몽둥이가 아니네. 자네 혹시 뼈 없는 몽둥이라는 거 들어본 적 있나?"

동료들이 박장대소를 하는 가운데 나는 또 한번 얼굴이 새빨개지지 않을 수 없었다. 나도 모르게 나는 그녀의 옆얼굴을 훔쳐보았다. 내가 이정도로 얼굴이 붉어졌는데 처녀인 그녀야 오죽했겠는가. 처녀다운 결백증으로 따끔하게 송씨의 걸진 입을 한 방 먹여줄지도 모른다고 생각했다.

그러나 그녀는 얼굴이 빨개지지도 않았고 발끈해서 일어나 자리를 도망치지도 않았다. 아니 오히려 한술 더 떠서 내가 당한 수치가 재미있다는 듯이 같이 킬킬대며 웃고 있는 게 아닌가. 총각인 내가 이렇게 얼굴이 빨개지는데 처녀가 아무렇지도 않게 웃고 있다니… 시집도 안간 새파란 나이의 기집애가 얼굴 하나 안 붉히고 어른 남자들의 진한 농담을 태연하게 듣고 있는걸 보면… 그래 분명 굴러먹어도 보통 굴러먹은 기집애가 아닌 게 분명해.

나는 그녀에 대한 은근한 기대가 계속 빗나가는 것 때문에 더욱 화가 나서 이번에는 그녀를 질 나쁜 여자라고 여기리라고 작정했다. 그러나 그렇게 단정 짓기에는 그녀의 표정은 천진할 만큼 밝았다. 그 방면에는 백치일 만큼 순진한건지, 아니면 닳고 닳은 여자라서 도통한 건지 알 수가 없었다. 그 정도로 천연덕스러웠던 것이다.

문득 어쩌면 그녀는 내가 당한 복수심으로 고소해하며 재미있어 하는지도 모른다는 생각이 들었다. 그런 생각이 들자 나는 화가 나서 견딜 수가 없었다.

나는 이번에야말로 정면으로 그녀를 사납게 노려보았다.

그녀와 눈이 마주친 건 그 순간이었다. 그녀는 장갑을 끼며 천천히 자리에서 일어나며 나를 향해 의미심장하게 웃었다. 그리고 다음에 그녀 입에서 나온 말은 나를 오기로 부들부들 떨게 만들고 말았다.

"원래 약한 여자나 팰 궁리하는 저런 남자일수록 구사대가 나타나면 쇠파이프 내던지고 젤 먼저 줄행랑친다니깐… 쯧쯧. 몸집이 아깝다. 그 쇠파이프는 아껴 두었다가 파업 들어가거든 쓰시지 그래. 파업에서 이겨야 작업시간도 줄어들 거고 그래야 남은 힘으로 애인인지 마누란지 도망 못 가게 박력 있는 남자구실도 할 거 아냐? 안 그래요? 아저씨들?"

날더러 제일 먼저 줄행랑칠 놈이라니? 그야말로 꼴통의 전통과 명예에 먹칠을 하는 일대 치욕이다. 모욕이다. 참을 수가 없다.

다음날 파업이 92%로 결의되자마자 나는 그녀가 보란 듯이 정방대에 젤 먼저 지원했다. 일단 그녀의 말이 사실이 아니란 걸 뻔대있게 증명해 보인 뒤에 그녀의 콧대를 꺾어버릴 심산이었다. 아… 그런데 이게 바로 사랑의 함정일 줄이야…….

살을 에는 겨울밤이었다.

정문 경비를 맡아 덜덜 떨고 서 있는데 그녀가 나에게 다가왔다.

"이거 먹고 힘내서 밤 일 잘 해."

나는 그녀가 내민 우루사 두 알에다 박카스 한 병을 쳐다보고는 다시 한 번 그녀의 얼굴을 쳐다보았다. 그녀의 웃는 얼굴을 처음 본 것 같았다. 물보라처럼 깨끗하고 무지개처럼 황홀한 미소였다. 나는 얼떨결에 그녀가 내미는 약봉지를 두 손에 받아들었다. 그러나 나는 아무 말도 할 수가 없었다. 입술이 떨어지지가 않았다. 말이 목구멍까지 맴돌았지만 무슨 말인지 생각도 나지 않았다.

한참동안 나와 그녀는 그렇게 서 있었다. 그녀가 먼저 농성장을 향해 돌아섰다. 아 그때 나는 보았다. 입사할 때 청바지가 터질듯이 빵빵하던 그녀의 엉덩이가 어느새 헐렁헐렁하게 변한걸 보고만 것이다. 나는 꼴통의 체면도 잊은 채 그녀를 뒤쫓아 달려갔다.

"몸무게가 상당히 빠지신 모양인데… 아가씨나 몸보신하시지."

"어쭈. 제법이네. 남한테 맘 쓸 줄도 알고……."

그녀에게 칭찬 받는 기분은 묘한 것이었다. 오늘 우리 부서에서 소위원장으로 뽑히는 영광 아닌 형극의 길로 들어서게 된 것도 알고 보면 그녀가 좋아하는 박력 있는 남자가 되려는 안간힘의 하나였으니…….

아 슬프다. (1992)

꿈이여 다시 한번

 "때르르릉…"

"강력계 김 형삽니다. 뭐라구요? 목격자가 나타났다구요? 네. 네. 알았습니다. 곧 가겠습니다."

나는 수화기를 던지고 부랴부랴 주영주식회사로 달렸다.

선거도 끝나 밀린 잠이라도 푹 자려던 내 꿈은 월급날 일어난 전국적인 월급봉투 강탈사건으로 산산조각이 나 버렸다. 전국의 모든 노동자의 월급봉투에서 월급의 20%에 해당하는 돈만을 털어갔다니 범인치고는 돈 놈이었다. 나 같으면 경리과의 금고를 털었을 텐데 말이다.

대도 조세형처럼 돈 많은 놈만 골라 털었다면 또 몰라. 한 달 죽어라 잔업 특근해봤자 50만 원 안팎인 노동자의 월급봉투를 털다니. 벼룩의 간을 내먹을 놈. 나는 차 속에서 혼자 투덜거리며 길게 하품을 했다.

그러나 유일한 목격자는 이미 안기부 직원에게 연행되고 없었다. 경쟁자인 안기부에게 한 발 늦은 것이었다. 안기부에 전화를 걸었다.

"모른다니요? 틀림없이 거기서 데려갔다던데… 다시 알아봐 준다구요? 고맙습니다. 뭐라구요? 풀려나요? 언제요? …이런… 젠장."

그러나 안기부에서 풀려났다던 그 목격자는 행방이 묘연한 채 이틀이나 지나갔다.

"뭐요? 부산 부두에? 아니? 시멘트 덩어리에 매단 시체라구요?"

중요한 목격자가 죽다니? 사건은 점점 확대되고 있었다. 단순한 월급봉투 강탈사건이 이제는 살인사건이 되어버린 것이다.

우연히 일어난 작은 사건이 의외로 엄청난 사건을 해결하는 단서가 될 수 있는 예는 얼마든지 있었다. 꿀을 찾아다니는 벌처럼 나는 형사로서의 본능으로 진한 피의 냄새를 쫓아 한 발짝 한 발짝 거대한 음모 속으로 다가갔다. 어쩌면 그건 내 자신의 피 냄새일지도 모른다는 생각이 나를 더욱 이 사건으로 빠져들게 만들었다.

며칠 뒤였다. 이번엔 또 다른 사건이 전국을 긴장으로 몰고 갔다.

"세영주식회사에서 노동자 세 사람이 콘테이너에 깔렸다!"

나는 공단병원으로 달려갔다. 그러나 한 사람은 이미 하얀 시트로 덮인 채 영안실에 뉘어있었고 또 한 사람은 머리를 세게 부딪쳐 뇌사상태라는 것이었다. 나머지 한 사람은 허리를 다쳐 응급실에 누워 있다고 했다. 나는 헐레벌떡 영안실을 나섰다.

비가 내리고 있었다.

으스스한 지하의 영안실 복도를 걸어 나오는데 심상찮은 예감이

들었다. 나는 전 속력으로 계단을 올라가 1층 응급실 문을 박차고 들어섰다. 내 예감은 적중했다.

시커먼 그림자 하나가 내가 문을 열자마자 창밖으로 튀어나가는 게 보였다. 문 옆에는 담당 간호원이 기절해서 쓰러져 있었다. 바늘이 뽑힌 피 주머니에서 쏟아진 피로 병실은 피 냄새가 진동을 했다. 목을 조른 링겔 줄을 풀자 환자는 겨우 숨을 헐떡였다.

"혹시 크레인을 운전하던 사람을 아십니까?"

"그…놈…이…내 목…을…끄윽."

그는 눈을 부릅뜬 채로 숨을 거두고 말았다. 사고 당시 크레인을 운전하던 사람은 끝내 밝혀지지 않고 말았다.

연속살인에 흥분한 노동자들이 술렁거리기 시작했다.

"빼앗긴 월급을 돌려 달라!"

"살인자는 자폭하라!"

며칠 밤을 지새우며 나는 수많은 증인들을 만나러 다니노라 기진맥진한 상태였다.

그런데 갑자기 최 반장의 호출이 떨어졌다.

"이번 사건은 안기부에서 전담하기로 했다니까 자네는 그만 빠지게."

강력계 10년 동안 오직 국민의 생명과 재산을 보호하는 경찰로서 살아온 나였다. 조국보다 사랑보다 정의를 더 사랑하는 사나이, 그 이름 김 형사가 아니었던가? 범인을 알아내는 일보다 더 중요하고 위험한 마지막 단계는 범인을 체포하여 정의의 심판대에 세우는 일이다. 차라리 내손으로 범인을 죽여 살인자가 될지언정 안기부에게

넘길 수는 없었다.

클린트 이스트우드는 부패한 미국의 전 경찰과 맞서 혼자 당당히 싸웠고, 정년퇴임을 앞둔 늙은 FBI는 미국 대통령과도 맞서지 않았던가. 그렇다. 나한테 죄가 있다면 영화를 많이 본 죄 뿐이다. 이제 나는 정의를 위해서 부패한 국가권력과 맞서 싸우는 한국의 클린트 이스트우드가 돼야 한다.

나는 휴가원을 내고 집을 나왔다.

붉은 용과 교신하는 범죄의 천재 랙터와 싸우려면 FBI의 윌 그레이엄처럼 철저하게 나를 숨겨야만 했다. 하지만 내 곁에는 영화 속 주인공처럼 옆에서 도와주는 미녀는 고사하고 개 한 마리 고양이 한 마리도 없었다.

그러나 한국의 역사를 뒤바꿀 정치적 대사건의 주인공답게 나는 고독과 위험의 그림자에 굴하지 않고 정의의 심판이 내릴 그날을 하나하나 착착 준비해 나갔다.

일주일간의 휴가가 끝났다. 드디어 역사의 아침이 밝아왔다.

방탄조끼는커녕 총 한 자루도 없이 집을 나선 나는 오직 맨주먹 붉은 피로 최 반장 앞으로 다가갔다. 나의 입은 한일자로 굳게 닫혀 있었고 시커멓고 굵은 눈썹은 어떤 충격에도 꿈틀거리지 않을 것처럼 뻣뻣하게 긴장되어 있었다. 내 생애 최고의 날. 강력계 10년을 오직 국민의 귀중한 생명보호와 사회정의의 실현을 위해 바친 형사로서의 마지막 날이었다.

죽느냐 사느냐. 이것이 문제였다.

"범인을 알아냈습니다."

최 반장이 자리에서 벌떡 일어났다.

"범인들은 바로 이 나라 모든 회사의 사장들이었습니다. 물가는 25%이상 올랐는데 월급은 5%밖에 올려주지 않았으니 결국 노동자들의 월급봉투에서 20%를 강탈한 범인은 바로 사장들인 셈입니다. 그리고 크레인에 깔린 세 사람뿐 아니라 하루에도 몇 명씩 작업장에서 죽게 한 범인, 팔다리가 잘린 채 불구가 되게 만든 범인, 그리고 독가스를 마구 뿜어 나오게 해놓고 거기서 수많은 노동자를 죽게 한 범인, 이 범인 역시 동일인물이란 걸 알아냈습니다. 반장님 이 서류들을 자세히 보십시요."

나는 며칠 밤을 두드려 만든 컴퓨터 자료들을 최 반장의 코앞에 내밀었다.

"범인은 바로 낡은 기계와 위험한 작업장을 소유한 사장, 이들이 바로 살인범들인 것입니다. 따라서 월급봉투 강탈사건 및 살인 및 상해 치상 범인은 바로 사장들임을 제가 밝혀내고야 말았습니다. 여기 바로 사장들이 자백한 증거서류가 있습니다."

나는 수천 장에 달하는 사장들의 자술서를 손가락으로 가리켰다.

"사장들은 노동자들의 월급봉투에서 강탈한 돈과 또 살인 및 상해를 저질러가며 벌어들인 돈으로 땅을 사고 빌딩을 짓고 해외로 사유재산을 빼돌리는가하면 선거 때는 정치자금으로 막대한 돈을 뿌렸습니다. 그 결과 다시 월급을 강탈하지 않을 수 없게 된 것입니다. 더구나 앞으로 있을 대통령선거를 위해 월급봉투 강탈사건은 더 많아질 것이고, 낡은 기계와 열악하고 위험한 작업환경 때문에 살인과 상해사건 역시 계속될 것입니다. 따라서 더 이상의 범죄를 막기 위해서는 사장들을 모두 구속송치 해야 합니다.”

“자네 미쳤군! 돌았어! 당장 여기서 나가!”

갑자기 최 반장이 꽥 고함을 쳤다. 그리고는 뒤도 돌아보지 않고 국장실로 도망치듯 사라졌다.

나는 통신실로 들어가 국장과 내무부장관이 통화하는 목소리를 녹음하기 시작했다. 도청은 최 반장이 가르쳐준 기술이었다.

통화가 끝나자 나는 국장실로 들어갔다.

“이거면 두 분의 공범 증거로 충분하겠지요?”

나는 방금 녹음한 테이프를 카셋트에 넣었다. 목소리가 들려왔다. 두 사람의 얼굴이 점점 하얗게 질려갔다.

“좀 있으면 장관님이나 청와대 어른들도 이런 선물을 받을 겁니다.”

찰칵하는 소리와 함께 두 사람의 손에 수갑이 채워졌다.

나는 국장의 회전의자에 앉아 커다랗게 웃었다. 최 반장과 국장은 내 무릎 밑에 꿇어 엎드려 눈물을 흘리며 애원하고 있었다. 손바닥 비비는 소리가 음악소리처럼 듣기 좋았다.

“김 형사 살려주게. 우린 위에서 시키는 대로 했을 뿐이야.”

“역시 산다는 건 좋은 거야. 한 치 앞을 다 알면 무슨 재미가 있겠습니까? 으하하하.”

그때였다.

“김 형사! 김 형사!”

최불암 반장의 개구리눈이 금방이라도 튀어나올 듯 바로 코앞에서 부릅뜨고 서 있었다.

“김 형사! 지금 뭐하는 거야?”

“아? 반장님… 그게 참… 지금…….”

“선거도 진 판에 지금 낮잠 자게 됐어? 엉?”

김 형사는 최 반장의 얼굴을 멍하니 올려다보았다.

“주영주식회사에서 파업 시작했다는 거 알아 몰라? 빨리 업무방해 두 장 하고 폭력 세 장으로 영장 떼 갖고 가서 다섯 놈만 잡아와!”

나는 얼른 잠바를 걸치고 서의 문을 나섰다.

봄의 햇살이 눈부셨다.

“꿈이여 다시 한번…….”

어디선가 꽃향기가 진하게 풍겨왔다. 역시 봄은 낮잠의 계절인가 봐. (1992)

하늘이 내린 큰 복

밤 12시가 가까워서야 집 앞 버스정류장에 내린 나는 집으로 향하는 골목을 익숙한 발걸음으로 부지런히 접어들었다.

'아차!'

나는 갑자기 그 자리에 못 박힌 듯 서 버렸다.

'아 참! 오늘이 이사 날이잖아!'

자기 집이 이사 간 것도 잊고 있다니… 나 스스로도 놀랄 지경이었다.

재작년에 대의원에 당선된 뒤부터 올봄에 해고될 때까지 나는 본의 아니게 가장으로서의 책임을 포기하게 되었다. 부당해고에 맞서 구제신청을 냈고 그래서 지금도 매일같이 회사에 가서 출근 투쟁을 하고 있는 것이다.

이번 임단협의 관건은 해고자 구속자 문제와 징계안이었다.

회사는 총액임금제를 내걸고 임금을 3%에서 한 발짝도 양보 못하겠다고 버티더니 이틀 전 해고자 복직문제와 징계 수정안에 대해 노조가 회사 안을 받아들이면 회사도 임금을 5% 인상 선까지 양보하겠다고 최종안을 들고 나왔다. 이 안이 나오자마자 그동안 잠잠했던 어용 대의원과 반장들이 활개를 치며 5%에 도장 찍자는 말을 공공연하게 떠들고 다녔다.

90년 가을에 우리는 30년 뿌리 깊은 어용노조를 갈아엎고 민주노조를 세웠다. 회사 역사상 처음으로 세운 민주노조였다. 그리고 그 민주노조의 핵심은 바로 징계위원회 안건에 있었다. 그런데 바로 그 민주노조의 생명과도 같은 징계안을 수정하자니 말도 안 되는 소리였다.

구속된 동지들이 아직도 시퍼렇게 감옥에서 눈을 부릅뜨고 있는데 임금 몇 푼으로 민주노조를 포기하다니……

복직되고 안 되고가 문제가 아니었다. 복직은 올해 안 되면 내년에 또 싸우면 된다. 그러나 한번 어용화 된 노조를 다시 민주노조로 갈아엎는 건 몇 년이 걸릴지 알 수 없다. 복직이 되려면 우선 민주노조가 살아있어야 하는 것이다. 징계안은 한 글자도 양보할 수 없었다. 임금 몇 푼과 바꿀 수 없는 민주노조의 생명이었기 때문이다.

이 일로 해고자인 나는 이사 날이 다가온 것을 알면서도 집안일에 소홀할 수밖에 없었다. 간신히 아내에게 양해를 구하긴 했지만 아내는 토라져 집에 들어가도 왔냐갔냐 말도 않고 며칠동안 죽어라고 이삿짐만 싸고 있었다. 이럴 때는 아무 말도 않는 게 상책이라 싶어 나도 꿀 먹은 벙어리로 며칠을 보냈다.

나는 발길을 돌려 횡단보도 앞에 섰다. 새로 이사 갈 집은 길 건너편에 있었다.

"휴우⋯⋯."

창밖을 내다보며 담배를 피던 위원장의 얼굴이 떠올랐다. 양 볼이 숟가락으로 파낸 것처럼 움푹 들어간 게 보기에도 안쓰러울 정도로 야위어 있었다.

"정 나더러 회사의 징계 수정안에 도장 찍으라고 하려거든 먼저 나를 위원장에서 불신임해 주시오."

조금 아까 총회에서 마지막으로 외치던 위원장의 이 한마디가 절규처럼 자꾸만 귓전을 울려왔다.

"집이 어디더라?"

나는 바둑판처럼 이어진 골목길을 미로처럼 더듬었다.

결혼하고 10년 만에 천신만고 끝에 장만한 방 두 칸짜리 전세방을 줄여서 이사를 하게 되었다. 정확히 3년 전부터 전세금은 빚으로 탕감되기 시작했다. 드는 흔적은 없어도 나는 흔적은 보인다더니 바로 우리 집안 형편이 그 짝이었다.

다세대 주택으로 지어놓은 집들은 모양이 똑같은 게 그 집이 그 집 같아 분간이 안 되었다. 계약할 때 아내와 한 번 와 본 적이 있을 뿐이었다. 기억을 되살리려 애써 보았지만 남대문에서 김씨 찾기만큼 막막했다.

"아범 아닌가?"

장모가 마침 골목입구의 슈퍼에 나왔다가 나를 보고 반갑게 외쳤다.

"아이구 장모님… 정말… 죄송합니다."

나는 머리를 90도 각도로 굽히고 몇 번이나 절을 했다.

싼 전세금으로 방 두 칸을 얻으려면 큰길에서 멀어질 수밖에 없었다. 15분 정도 걸어서야 집에 다다랐다. 방도 전에 비해 훨씬 작았다. 그 많던 살림살이를 어떻게 다 들여놓느냐면서 나를 책망하던 아내의 얼굴이 떠올랐다.

"어?"

낯선 새 집을 들어서면서 나는 깜짝 놀랐다.

집안은 너무나 말끔하게 정돈이 끝나 있었다. 결혼 10년에 여덟 번 이사한 실력이니 이사에 도가 튼 아내덕분인지도 몰랐다. 나는 미안하기도 하고 몸 둘 바를 몰라 손님처럼 마루 한가운데 서서 집안을 둘러보았다.

"여보. 피곤하죠? 빨리 들어와서 씻어요."

"으응…?"

나는 머리끝이 쭈뼛해졌다. 아내가 나를 보고 생글생글 웃다니? 이게 얼마만이지? 그런데 아내의 웃는 얼굴이 반갑기는커녕 오히려 무섭게 보였다. 앞으로도 며칠 냉전으로 말 한마디 없이 지낼 각오까지 하고 있던 차였다. 그런데 잔소리는커녕 눈을 흘기기는커녕 찬바람이 쌩쌩 돌기는커녕 생글거리며 웃다니… 나는 머리를 흔들었다.

세수를 하고 나니 아내가 기다렸다는 듯 수건을 코앞에 내밀었다.

아내가 너무 힘이 들어 머리가 이상해진 걸까. 나는 낯선 사람을 쳐다보듯 아내를 물끄러미 쳐다보았다.

“어머니하고 애들은 저 방에서 잠들었어요. 당신도 이제 들어가서 자요.”

옷을 벗고 이불속에 들어가면서도 나는 아내에 대한 경계심을 늦출 수가 없었다. 매일의 행사처럼 벌어지는 아내의 잔소리 순서가 아직 끝나지 않아서였다. 오늘은 사실 잔소리를 백번 들어도 할 말이 없는 나였다. 단둘이 있을 때 한바탕 퍼부으려고 잔뜩 벼르는 걸 거야. 장모님과 아이들도 다 잠이 들었으니 이제부터 시작인 거다. 새집으로 이사를 왔으니 새로운 작전으로 나오는 건지도 몰라. 나는 호흡을 가다듬었다.

“여보.”

아내가 돌아누운 내 잔등에 머리를 기대며 전에 없이 코맹맹이 소리를 내며 나를 불렀다. 나는 휙 머리를 돌렸다. 코앞에 아내의 애교 섞인 눈웃음이 보였다. 나는 겁이 덜컥 났다. 마음을 모질게 먹으면 사람은 여유가 생기는 건지도 모른다. 맞아. 아내는 이제 더 이상 참을 수 없어서 결단을 내린 게 분명해. 그렇지 않고서야 이토록 여유만만 할 수가 없어.

우리 헤어져요. 이런 소리가 나올게 분명했다. 나는 침을 꿀꺽 삼켰다. 어떤 말에도 충격을 받아서는 안 된다. 아냐. 아내가 정말 결심을 한거라면 난 어떡하지. 해고된 주제에 두 사내애만 달랑 데리고 홀아비로 산다? 아… 안돼.

“…왜?”

“당신 고마워.”

이건 무슨 자다가 봉창 두드리는 소리냐? 나는 벌떡 윗몸을 일으켰다. 그리곤 나도 모르게 아내에게서 멀어지면서 아내 얼굴을 뚫어지게 쳐다보았다.

"왜 그렇게 놀래요? 사실은요……."

아내는 수줍게 웃었다.

"오늘 이삿짐센터에서 온 아저씨가 누군지 아세요? 당신하고 같은 부서에서 일하던 성찬경이란 분이라던데… 혹시 당신 아세요?"

알고 말고… 대의원 추천 받고 출마직전 포기한 성찬경 씨. 그 성씨가 후보사퇴를 하는 바람에 내가 대의원이 되었는데 내가 성씨를 잊을 리가 있나?

"그분이 이삿짐을 다 날라 주었어요. 자기는 학교 다니는 애들이 줄줄이 3명이나 있었대요. 회사의 압력에 굴복해서 사표를 내는 바람에 당신이 대신 고생하게 되었다면서… 회사에서 반장 시켜준다 다른 영업부서로 옮겨준다고 했지만 동지들에게 도와주지 못할망정 배신할 수는 없었다대요……."

"그 양반이 언제 그런 일을 했지…?"

"작년에 손위 처남 되는 사람하고 이삿짐센터를 동업했대요. 무책임한 남편이라고 내가 당신 욕을 막 했더니 어용노조는 없어져야 한대나. 자기도 알지만 용기가 없었다면서 당신 같은 남자는 보기 드문 사람이래요. 당신 칭찬을 많이 하니까 듣기 좋던데요."

아내는 자랑스럽게 나를 쳐다보았다.

"여보. 근데 요즘은 아예 이삿짐을 싸주는 대행업이 생겼대요. 돈 많은 사람들은 이사할 때 집채로 대행업체에다 몽땅 맡기고 몸만 간대요. 그러면 접시에서부터 피아노까지 그대로 포장을 해서 하나도

안 깨뜨리고 새집에다 그 자리에 그대로 옮겨 놔 준대요. 내가 이삿
짐 야무지게 싼 걸 보더니 저더러 이삿짐센터에 취직하지 않겠냐지
뭐예요?”

“그래서?”

“오후에 회사로 전화해 봤더니 글쎄 당장 내일부터 나오래요. 내
가 편한 시간에 와서 부엌살림만 싸주면 된대요. 여보, 한 달 봉급이
얼만 줄 아세요?”

나는 슬그머니 자리에 돌아누워 이불을 뒤집어썼다. 자꾸만 코가
간지러운 게 코끝이 시려왔다.

“이삿짐 잘 싸서 칭찬받고 당신 덕분에 취직하게 되었으니… 여
보?”

작은 복은 사람이 만들지만 큰 복은 하늘이 내린다더니… 아내야
말로 하늘이 내린 큰 복이다. 내가 이런 큰 복을 받을 자격이 있는
놈인지. 너무나 부담스럽다. 내가 뭐 잘난 게 있다고……

‘시끄러! 복직이고 노조고 다 때려 치고 나도 취직할 테니까 당신
은 집에서 애들이나 잘 봐!’

아. 목구멍에서 맴도는 이 말을 시원스럽게 내뱉을 수만 있다면 얼
마나 좋을까?

나는 자꾸만 밭은기침을 하면서 이불을 더욱더 힘껏 잡아당겼다.
(1992) 🐢

우리 사랑 더 큰 힘으로

추석이다 이사다 해서 두 주일이 후딱 지나가버렸다. 일주일에 두 번 빠짐없이 가던 면회를 두 주일이나 미루었으니 그이가 얼마나 걱정할까? 마침 보름이도 감기가 말끔히 나아 모녀가 함께 바쁜 걸음으로 그이를 보러 교도소를 향했다.

"혼자 이사하노라 힘들었지? 내가 없어서……."

그이는 미안한 듯 고개를 숙였다.

'밖에 있을 때라고 잘 해준 적 있나?' 하는 말이 목구멍까지 올라왔지만 입 밖으로 내지는 않았다.

"당신 친구들이 많이 도와줘서 외려 당신 있을 때보다 더 편했어."

원래 자상한 그이였지만 감옥에 간 뒤로는 말이 없어졌다. 면회 때마다 나는 참새처럼 재잘대면서 우울해하는 그이 앞에서 되도록 명랑하려 애를 쓴다. 비록 교도소 문을 나올 때 눈물을 펑펑 쏟을망정 그이 앞에서는 내색을 하지 않으려고 한다.

그이는 노조에서 대의원으로 활동하다가 3년 전에 해고되었다. 물론 복직구제신청을 냈지만 받아들여지지 않았고, 그 와중에 올 봄에 위원장의 대표권 시비로 파업이 일어났을 때, 또다시 업무방해로 수배를 받아왔다. 공권력 투입과 대량해고로 치달았던 3월에 3자 개입 금지라는 또 다른 죄명이 추가되면서, 결국 그는 다른 간부들과 함께 구속되었다.

3년 전 교육장에서 처음 만났을 때만 해도 나 역시 전자회사에서 노조를 만들어보겠다고 뛰어다니던 무렵이라, 우리는 처음부터 노조 이야기만 하며 지냈다. 얼마 지난 뒤에야 그게 연애의 시작이었다는 걸 알게 되었다. 그렇게 활동과 연애가 뒤죽박죽이 된 채 우리는 정신없이 결혼까지 이어지게 된 것이다.

"와… 우리 딸 이제 많이 컸네."

그는 유리창 칸막이를 손바닥으로 탁탁 두들기는 보름이를 뚫어지게 바라보았다. 그가 구속되고 나서 보름 뒤에 보름이가 태어났다. 자식이 태어나는 것도 못 본 그는 언제나 보름이를 낯선 물건을 들여다보듯 신기하게 들여다보곤 했다.

"어어. 이젠 웃을 줄도 아네."

보름이는 이상하게 낯을 가리지 않아 아무나 보고 잘 웃었다.

"야야. 여자가 너무 웃음이 헤프면 안 되는데……."

아빠라고 벌써부터 질투를 하는 건가? 우리는 보름이를 가운데 놓고 오랜만에 밝게 웃었다.

"나 회사 그만 뒀어."

그의 얼굴에 어두운 그림자가 지나갔다. 그동안 회사 그만두겠다는 이야기는 여러 차례 의논을 했지만 그래도 충격을 받은 모양이었다.

"조합도 이제 어용으로 완전 넘어가서 해고자들 생계비도 안 나온다는데……."

"나도 알아."

"그럼?"

억만금을 버는 것도 아니고, 그렇다고 노동자에서 벗어날 수 있는 것도 아니다. 우선 어린 핏덩이를 병 안 나게 잘 키우는 것도 중요한 일이다. 이런 생각이 그와 나 사이에 암묵적 동의를 이룬 셈이다. 그런데도 내심 그는 두려운 모양이었다. 그의 눈은 불안하다 못해 공포에 가깝게 질려 있었다. 이럴 때 보면 그는 정말 어린애 같았다.

"그동안 벌어놓은 돈 좀 까먹고 살면 되지 뭐. 둘이 먹어봤자 얼마나 먹을라고? 보름이가 놀이방에 다닐 정도로 크면 그때 다시 벌지. 뭐. 그럼 안돼?"

내성적인 그이의 성격과 달리 나는 겉으로 꽤 강하고 명랑한 축에 낀다. 난 자타가 공인하는 낙천가답게 그이 앞에서 늘 내 기질을 유감없이 발휘하곤 했다.

"보름이하고 같이 하루 종일 집에 있으니까 정말 좋더라."

"그래? 다행이다. 좋다니……."

아빠를 향해 달려들듯이 자꾸만 유리창을 손바닥으로 두드리는 보름이를 보면 그이도 나도 가슴이 메어지듯 아팠다. 나는 가만히 보름이의 손을 끌어들여 가슴에 안았다.

"나야 아무 도움도 못주니 입이 열 개라도 할 말이 없다."

면회 다니랴 회사 다니랴 구속자 가족 모임에 나가랴 너무 바빠 보름이를 제대로 봐주지도 못했다. 이웃 도시에 사는 시댁 어른들이 보름이를 데리러 왔다가 데리고 가시고 하면서 길러주셨지만 이제 그것도 더 이상 할 수가 없게 되었다. 시부모님 두 분이 병이 단단히 나신 것이다. 시어머님이 아이를 안고 두 도시를 오가다가 병이 난 데다 시아버님까지 생계 때문에 예순 노구를 이끌고 공사판 막일을 다니다 과로로 쓰러지신 것이다.

어머님은 면회 갈 때마다 반성문을 쓰라고 은근히 채근하는 눈치였다. 겉으로야 아들이 화를 낼까봐 노골적인 말은 안 하고 있었다. 면회 때마다 당신 이야기는 쏙 빼놓고 아버님 걱정이며 며느리 고생한다는 말을 자주하는 건 바로 그이가 알아서 반성문을 쓰라는 것과 마찬가지가 아니겠는가? 물론 나도 그이의 석방을 누구보다 원한다. 그러나 반성문을 쓰면 그이는 석방되고 나서도 감옥에 있는 것보다 더 괴로워할 게 틀림없었다.

나는 어쩔까 고민했다. 회사를 그만두고 애를 봐야할지… 그러면 생활은 어찌하나… 그렇다고 병약하신 시부모님께 애를 더 이상 맡길 수도 없고… 조합에서 나오던 생계비도 끊긴다는데, 보름이와 어떻게 먹고 살지… 시아버님은 일 나가시는데, 젊은 여자가 집에서 애하고 펑펑 놀기도 그렇고… 이거 생각하면 저게 걸리고 저거 생각하면 이게 걸리고. 몇 달을 고민한 끝에 결국 회사에 사표를 던지고 말았다. 내게는 무엇보다도 보름이를 기르는 일이 우선이었다.

퇴직금 받은 걸로 싸구려 전세방이라도 들어가 다달이 내는 달세를 아끼면 어떨까? 나머지 생활비는 부업거리라도 얻어서 충당하든

가. 한 달의 반은 친정에 가서 살면 될지도 모른다. 어차피 그가 없는 동안 고생할 각오는 했다. 당분간 불안한대로 이렇게라도 살아 낼 수밖에 없다고 결심했다.

남편과 헤어져 사는 것도 서러운데 딸까지 다른 데 맡기면서 헤어져 살고 싶지 않았다. 식구래야 세 식군데 셋 다 뿔뿔이 흩어져 살 수는 없었다. 보름이는 그이의 분신이 아닌가? 보름이하고 같이 있으면 그와 같이 있는 셈이니 보름이와 나를 정신적으로 안정시켜 줄 거라고 생각했다.

10년이나 다니던 정든 회사에 사표를 던지고 나니 한편으로는 섭섭하기도 했다. 모든 일에는 양면성이 있다더니… 하나가 좋으면 하나가 나쁘고 세상이 다 그런 것 같았다.

"참 장모님은 어때? 별일 없지?"

추석 지나 며칠 더 쉬고 올까했지만 어머니가 등을 밀다시피 올라온 걸 생각하면 눈물이 쏟아질 것 같았다. 사위도 없이 딸 혼자 친정에 오래 묵으면 이웃집에서 이상하게 본다며 어머니는 안절부절못하셨다. 사위가 감옥에 간 걸 이웃집에서 아는 게 싫으신 것이었다. 한편 이해가 가면서도 한편 얼마나 야속했는지 모른다. 남도 아닌 친정어머니가 어떻게 그럴 수가? 그렇다고 그이에게 이런 이야기까지 털어놓을 수는 없었다. 그이까지 친정 식구들에 대해 실망하게 하고 싶지 않았다.

"별 일은……."

간수가 다가왔다.

"시간 됐습니다."

그이의 얼굴에 핏기가 사라졌다. 내 눈에도 하나 가득 눈물이 고였다.

"먼저 가……."

"당신 먼저……."

그이는 보름이의 고사리 손을 만지려는 듯이 유리창에 손바닥을 가만히 대고 있었다. 나는 보름이의 손을 끌어당겨 아빠의 손바닥과 마주 대 주었다. 가로막힌 두터운 유리를 뚫고 부녀의 더운 피가 통하는 기적이라도 바라는 듯이… 파란 수의가 문밖으로 사라졌다. 주루룩 하고 눈물이 쏟아졌다. 나도 모르게 보름이를 왈칵 껴안고 나는 고개를 묻어버렸다.

버스 차창 밖을 내다보며 나는 아무 생각도 없이 흔들리며 앉아있었다. 가을 햇살은 투명하고 맑게 빛나고 있었다. 보름이도 옹알이를 하는지 뭐라고 혼자 옹알대며 연신 생글생글 웃고 있었다. 거리를 지나가는 사람들 모두가 한결같이 행복해 보였다. 우리 가족의 슬픔을 아는지 모르는지 세상은 우리 가족의 불행과는 전혀 상관없다는 듯이 말짱하게 어제와 다름없이 굴러간다는 사실이 왠지 부당하게만 느껴졌다.

잠이 든 보름이를 뉘고 기저귀를 두어 개 들고 마당으로 나갔다. 무심중에 빨래판에 대고 기저귀를 비누로 문지르고 있는데 바로 머리위에서 소리가 들렸다.

"빗자루로 싹싹 쓸어가면서 해야지… 아휴 마당이 비눗물 천지네!"

안방 창문에서 들리는 주인아줌마의 쇳소리였다.

"물통에 물을 받아놓고 써야지, 자꾸 틀어대면 수돗물 세가 엄청 나올 건데……"

이사 첫날부터 시작되던 주인아줌마의 잔소리였다. 부엌이 입식이라 빨래는 자연 마당의 수돗가에서 하게 마련인데 빨래 한번 할 때마다 조르르 달려 나와 왔다갔다 하면서 잔소리를 늘어놓으니 미칠 지경이었다. 빨래할 때만 되면 주눅이 들어 마당에 나가기가 두려울 정도였다.

처음 집을 얻을 때는 주인과 단 둘이 사는 단출한 집이라 좋았고 여자 혼자 살려면 주인과 같이 살아야 의지도 될 거라고 좋아했다. 그런데 이게 웬걸.

이사 온 다음날 아침이었다.

"아니 누가 담배꽁초를 이렇게 화장실 앞에 버렸지? 어휴 지저분해라. 이 냄새하고 도대체 이게 뭐야……"

빗자루로 마당을 쓸면서 아줌마는 코를 싸쥐고는 들으라는 듯이 일부러 방 앞에서 큰소리로 떠들었다. 나는 얼굴이 달아올랐다. 이 삿짐 날라주러 온 그이의 친구들이 화장실에서 담배를 피고 꽁초를 버린 모양이었다.

물론 집주인으로서 그 정도 잔소리 하는 건 어쩌면 당연한 거고 모든 잔소리가 다 그렇지만 백번 지당한 말임에도 불구하고 그 순간 아줌마가 고깝게 여겨지고 혼자 산다고 마구 대하는 게 아닌가 하는 설움이 복받쳤다.

주인아줌마와 한 식구처럼 가까워지려던 마음과는 달리 번번이

찬바람이 쌩쌩 도는 아줌마의 표정과 쇳소리가 나는 큰 목소리에 눌려 이사한 지 일주일이 넘었지만 나는 인사는 고사하고 점점 정이 떨어져 아예 외면을 하다시피 지내던 참이었다.

계약하던 날 개인택시 운전을 한다던 주인아저씨가 말했다.

"나도 셋방살이 10년 만에 겨우 집 한 칸 마련했거든요. 세 사는 사람 심정 누구보다 잘 압니다. 물세고 전기세고 어려운 점이 있으면 집사람과 의논해서 잘 지내십시다."

시집살이 심하게 한 며느리가 더 심한 시어머니가 된다더니 10년 동안 집주인한테 당한 분풀이를 나한테 하려는 걸까. 대거리하기도 싫어 못들은 척 기저귀를 헹궈 널어놓고서는 방으로 들어왔다. 보름이가 잠든 얼굴을 보고 있으려니 눈물이 쏟아졌다.

나도 모르게 화장대 서랍을 열었다. 서랍 속에는 차곡차곡 쌓아둔 그이의 편지가 있었다. 힘들고 외로울 때마다 나는 이 편지들을 읽어보곤 했다. 지금은 다 외우다시피한 편지들이지만 볼 때마다 그이의 목소리가 들려오는 듯 했다.

괜한 일로 다투고 나면 어김없이 그이는 편지를 보내곤 했다. 심지어는 명절 때 각자 고향 집에 간 며칠을 못 참아 편지를 보낼 정도였다. 그이는 글을 잘 썼다. 아마 내가 그이한테 반한 건 이 편지 때문인지도 몰랐다. 편지를 읽으면서 나는 때로는 위로를 때로는 힘을 얻곤 했다. 마치 그의 편지는 우리가 이렇게 헤어질 때를 대비한 것처럼 구구절절이 외롭고 힘든 내 마음을 속속들이 어루만져 주는 것 같았다.

몇 시간이 지났는지 편지를 읽다가 깜빡 보름이 옆에서 잠이 든 모양이었다. 어느 새 창밖은 어둠이 내려앉아 있었다.

갑자기 밖이 시끌벅적해서 내다보니 얼굴이 하얗게 질린 아줌마가 나를 빤히 쳐다보며 물었다. 열쇠가 없어 숟가락으로 문고리를 걸고 나갔다 왔는데 그동안 누가 왔다 간 흔적이 있다는 것이다. 없어진 물건은 없지만 야구르트도 먹고 가고 비디오를 틀었던 흔적도 보이고, 무엇보다 중학교 다니는 아들의 스케치북에 낙서까지 해놓고 간 걸 보니, 틀림없이 누가 왔다 간 게 분명하니, 혹시 모르냐고 물었다.

"글쎄요. 전 아무 소리도 못 들었는데요……."

"사촌동생이 경찰인데 그놈아가 혹시 놀러왔다 갔나?"

아줌마는 내 표정을 살피면서 경찰이라는 말을 은근히 두 번이나 강조했다. 나를 의심하는 게 아니라면 일부러 경찰을 들먹일 필요가 없지 않는가? 나는 기분이 상했다. 속에서 불같은 게 치밀어 맘 같았으면 한마디 쏘아주고 싶었지만 그래도 꾹 참았다. 내가 신경과민인지도 몰라. 피해의식일거라고 애써 부정하면서 나는 아줌마의 말을 잊으려고 애를 썼다. 그러나 기분이 좋을 리가 없었다.

방문을 닫고 방 가운데 멍하니 서 있는데 방밖에서 아줌마의 목소리가 들렸다.

"팔자 조오타. 나도 애새끼 끼고 낮잠이나 늘어지게 자 봤으면 원이 없겠다."

문고리를 잡은 손이 부르르 떨렸다. 두 다리가 후들거렸다. 나는 허물어지듯 바닥 위에 주저앉았다. 그리곤 두 눈을 홉뜨고 천정을 노려보았다.

"보름이 엄마. 계세요?"

그의 친구 하영만 씨가 아가씨를 데리고 방문 밖에 서 있었다.

"들어오세요."

주인아줌마 때문에 아직 분이 덜 가라앉은 차라 나는 마음을 진정시키려 애를 썼다. 다행히 두 사람은 내 표정에는 관심이 없어 보였다.

"저… 우리 결혼해요."

청첩장을 받아 들고 나는 물끄러미 종이를 내려다보았다.

"잘 됐네. 축하해요."

미소를 짓는 입술의 가장자리가 묘하게 일그러지고 있었다. 결혼? 처녀 때만 해도 청첩장에 박힌 금박의 글씨들을 얼마나 가슴 설레며 부러워했던가? 하얀 웨딩드레스며 모든 것이 새것으로 반짝이는 그런 신혼생활을 꿈꾸었던 적이 있었지. 하지만 결혼한 지 1년 반, 현실은 그런 내 꿈과는 너무나 동떨어져 보였다. 그걸 어떻게 표현해야할까?

"보름이 엄마가 선배니까 이 사람 잘 좀 지도해주세요. 집에서 살림만 하던 사람이라 아무것도 몰라요. 나더러 노동운동 하지 말라고 보통 난리가 아니거든요. 방금 이 사람 친정에 가서도 한참 잔소리 듣고 왔어요."

남의 이야기가 아니었다. 내가 뭐라고 말해줘야 하나? 나처럼 이렇게 고생하지 말고 아예 처음부터 남편을 꽉 잡아서 노동운동하지 못하게 하라고 해야 되나? 아니다. 그럴 수는 없다. 그럼 남편 하는 일이 옳은 일이니 힘껏 밀어주라고? 공자님 말씀 같은 말을 늘어놓

아봤자 결국 고생을 행복으로 알고 살라는 말밖에 더 되나? 나는 묘
하게 엇갈리는 표정으로 말없이 앉아 두 사람을 번갈아 쳐다보며 웃
기만 했다.

"힘드시죠?"

아가씨가 물었다.

"글쎄… 뭐……."

아무 말도 하고 싶지가 않았다. 주인아줌마한테 받은 모욕이 아직
도 가시지 않아서 그런가? 자꾸만 기분이 우울했다. 보통 때하고 다
른 내 태도를 그제서야 알아차린 듯이 영만 씨가 묻는다.

"무슨 일이 있었어요?"

"아… 아뇨. 일은 무슨 일……."

말을 하고나면 시원할 것도 같았다. 하지만 털어놓는다고 뾰족한
해결책이 있는 것도 아닌 바에야… 난 그냥 입을 다물고 웃었다.

과일을 먹다가 아가씨가 어리광스럽게 물어왔다.

"사실 많이 겁났어요. 영만 씨가 제일 친한 친구라며 하도 우겨서
오긴 왔지만. 솔직히 겁이 나서 안 오고 싶었어요. 노동운동이 뭔지
도 모르겠고 다만… 감옥 가고 여자 혼자 고생한다는 게 그냥 무섭
고 그렇데요."

나는 아가씨를 한번 쳐다보았다. 이럴 때는 뭐라고 해야 되지? 태
연하게 난 하나도 안 무서워요 그래야할까? 아니. 나도 무서워요 하
고 말할까?

"……."

나는 그냥 말없이 방바닥만 내려다보았다.

"너 모르지? 저래 뵈도 보름이 엄마가 얼마나 당찬 여잔지 모른다. 일당백이다. 우리 노조에서도 보름이 엄마 하면 다들 알아준다. 맞죠?"

영만 씨가 한쪽 눈을 찔끔거리며 웃었다.

"……."

난 소리 없이 웃기만 했다. 영만 씨가 그렇게 말하는 이유를 나는 알고 있었다. 결혼할 아가씨한테 용기를 주려는 거라는 걸. 그러나 나 자신 한번도 내가 강한 여자라고 생각한 적이 없었다. 겉으로야 강한 여자 독한 여자라는 말은 많이 들었지만… 남들도 다 그렇게 살지 않는가. 나라고 특별히 강하고 독하게 타고난 건 아닐 터였다.

하지만 나를 터무니없이 강한 여자라고 말할 때나 반대로 나를 지나치게 동정할 때나 나는 두 경우 똑같이 반발심이 나곤 했다. 또한 보통 여자들처럼 취급하기를 바라다가도 진짜 보통 사람들과 똑같이 취급하면 섭섭하고 그랬다. 나도 내 마음의 갈피를 잡기가 힘이 들었다. 그런 심정적 갈등을 다 나타낼 수 없기 때문에 더욱 괴로운 지도 모른다. 겉으로 보는 나와 속의 내가 똑같아야 편한 건데 지금의 나는 그렇지가 못하다.

그게 바로 내가 겪는 괴로움이라고 말하면 알아들을까?

나는 언제나 그렇듯이 침묵과 미소로 대답을 대신했다.

영만 씨가 돌아가자 방안은 더욱 쓸쓸했다.

구속자 모임이 끝나 나오려는데 상담소에서 일하는 해고자 친구 한 사람이 다가왔다.

“왜 그렇게 빨리 사표를 냈어요? 선고공판까지 기다리면 혹시 알아요? 집행유예로 떨어질지……”

“한 건도 아니고 두 건이나 걸렸는데… 되겠어요? 아예 기대 안 하는 게 더 편해요.”

발길을 돌리는데 저 앞에 부위원장 부인이 무거운 발길을 옮기고 있었다. 나는 그녀에게 다가가 슬며시 팔짱을 꼈다.

“별일 없으시지요?”

부인은 대답 대신 말없이 웃기만 했다. 신문배달, 우유배달 안 하는 일이 없는 터라 유난히 볼이 홀쭉하게 여위어 있었다.

“애들도 잘 있죠?”

부위원장은 일찍 결혼해서 벌써 초등학교에 다니는 애들이 둘이나 되었다.

“내가 미친 개처럼 뛰어 돌아다니니까, 지들도 지들이 알아서 챙겨 먹고 다니죠. 학교를 다니는지 뭔지. 집안 꼴이 말이 아녜요. 하기야 나만 그런 것도 아니고……”

부인의 옆얼굴이 오늘따라 더욱 쓸쓸해보였다. 남들이 나를 볼 때도 저럴까? 그러면 안 되는데… 힘을 내야지 하면서도 내 두 어깨는 자꾸만 아래로 축 처지기만 했다. 보름이가 잠이 들어 더욱 무거웠다. 어쩌면 계절 탓인지도 모른다. 아니면 내가 지쳤나?

구속자 가족들과 헤어진 나는 시외 주차장으로 달려가 시어머니를 모시고 집으로 돌아왔다.

“집이 깨끗하네.”

시어머니는 마당을 두리번거리며 방으로 들어섰다. 그는 차남이었지만 형님이 울산으로 내려간 뒤로는 가까이 사는 우리를 더욱 자주 만나러 오시곤 했다. 밥상을 마주 하고 오랜만에 고부가 앉아 늦은 점심을 먹었다.

"애비는 니 말이라면 껍벅 죽지 않니? 니가 좀 애비를 살살 달래갖고 빨리 나오게 하면 얼마나 좋겠냐?"

"어머니 말씀도 안 듣는데 제 말이라고 듣겠어요?"

"그야 니가 어떻게 하느냐에 달린 거 아니냐?"

시어머니는 틈만 나면 이렇게 나오곤 했다. 그게 싫어서 될수록 화제를 돌리려 해도 그게 잘 안 되었다. 어머니와 나의 공통화제라고는 그와 보름이가 다였기 때문이다.

"그이도 다 생각이 있어서 그러는 거 아니겠어요? 어린애도 아니고……."

어머니는 숟가락을 손에 든 채 긴 한숨을 쉬었다.

"자꾸 그런 생각만 하시니까 소화도 안 되고 그러시죠."

어머니의 속병이 다시 도진 건 그가 구속되고 나서였다.

"내가 속이 상한 건 애비보다 너 때문이야. 남자는 여자 하기 나름이야. 안 그래?"

시어머니는 은근히 나를 걸고 넘어졌다.

"그이가 고생하는 게 다 저 때문이란 말예요?"

"아니면? 너 한 번이라도 반성문 쓰라는 말해 본 적 있냐?"

어머니는 숟가락을 밥상에 탕하고 내려놓았다. 나는 어머니를 쳐다보았다.

"잘못한 것도 없는데 반성문을 왜 써요?"

“저거 봐. 니가 그러니까 걔가 더 그러는 거야. 니가 부추기지만 않으면 걔는 그럴 애가 아냐.”

“아니… 어머니? …….”

“나 갈란다.”

어머니는 시선을 피한 채 주섬주섬 자리에서 일어났다. 함께 위로를 하고 용기를 줘도 시원치 않은데, 어머니마저 저런 서운한 말을 하다니… 다른 사람이 그러면 싸우기나 할 텐데. 어머니한테 대거리도 할 수도 없고. 나는 얼굴이 벌개져서 가방을 챙기는 어머니를 올려다보며 할 말을 잊고 있었다.

“새 사람이 잘 들어와야 집안이 편하다는데… 이건 여자가 더 날뛰니…….”

나도 더 이상 참을 수가 없었다.

“아니… 어떻게… 그런 말을…….”

“결혼하기 전만 해도 부모가 죽으라면 죽는 시늉까지 하던 애다. 그런 애가 장가가더니 완전히 돌아버려서 이젠 부모 말이라면 콩으로 메주를 쑨대도 안 들으니… 너 아니면 걔는 벌써 반성문 쓰고 나왔을 거야. 이번에 못 나오면 니가 알아서 해. 나는 이제 모른다.”

나는 할 말이 없었다. 지금까지도 가끔 어머니가 은근히 그런 눈치를 주기도 했지만 오늘처럼 노골적이지는 않았다. 그이의 공판이 다 가오니까 어머니도 초조하고 불안한 모양이었다. 그러나 해도 너무 하신 말이었다. 어머니는 폭탄 같은 말들을 혼자 늘어놓으시곤 횡하니 가버렸다. 쫓아 나가서 어머니를 배웅해야 했지만 발길이 떨어지지 않았다.

나는 어둠이 방안을 가득 채울 때까지 꼼짝도 않고 방안에 앉아 창밖을 내다보았다.

재판 날이다.

어머니를 다시 만났지만 서먹서먹했다. 하지만 며느리인 내가 먼저 숙일 수밖에 없었다. 어머니에게 다가가 안부 인사를 하고 아무렇지도 않은 것처럼 웃었다. 어머니도 말없이 보름이를 받아 안더니 무릎에 앉혔다.

"그럼 지금부터 구형을 하겠습니다. 피고……."

이 순간 기적을 바라지 않을 아내가 있을까? 나는 고개를 숙였다. 차마 검사의 입을 똑바로 쳐다볼 수가 없었다. 두려웠다. 두근거리는 가슴을 손으로 가만히 누르면서 나도 모르게 기도하는 심정이 되었다. 비록 공소사실 두 건이 다 걸렸지만 그래도… 혹시나… 그이가 석방되기를…….

"징역 2년!"

'안돼!'

나는 고개를 들고 검사를 바라보았다. 비정하리만큼 하얀 검사의 얼굴이 그 순간 악마처럼 보였다. 분노가 이글거렸다. 피가 머리끝으로 치솟았다.

재판정이 술렁거리기 시작했다.

"방청석은 조용히 하세요! 그럼 피고의 최후진술을 듣겠습니다!"

그이가 조용히 일어났다. 나는 그이를 똑바로 쳐다보았다.

"구속자 가족을 물심양면으로 돌봐주신 동지들, 고맙습니다. 그리고… 사랑하는 딸 보람이와 아내, 부모님과 형제들… 모두 고맙습니다. 제가 노동해방의 길을 꿋꿋하게 걸어갈 수 있는 것은 오직 이분들의 변함없는 사랑 덕분입니다. 동지들과 가족들의 따뜻한 사랑이 있었기에 저를 끝까지 지킬 수 있었고, 한 길로 올곧게 달려갈 수 있었습니다. 동지 여러분, 그리고 사랑하는 가족 여러분, 우리를 지켜줄 수 있는 것은 여러분의 사랑뿐입니다. 앞으로도 저희들이 흔들리지 않도록 더 큰 힘을 주는 사랑을 베풀어 주시기 바랍니다."

더 이상 아무 소리도 들리지 않았다. 아무 것도 보이지 않았다. 눈물이 비 오듯 떨어졌다.

보름이를 보듬어 안고 재판정을 나섰다. 가을 햇살이 따갑게 마당을 내리쬐고 있었다.

다음 달 선고공판이 끝나면 그이는 기결수로 이감을 가게 된다. 앞으로는 한 달에 세 번밖에 만날 수가 없다. 나는 보름이를 더욱 힘 있게 안았다. 그를 자주 볼 수 없다는 생각이 들자 앞으로는 모든 걸 나 혼자 견뎌야 힌다는 생각이 떠올랐다. 갑자기 땅이 꺼지듯 두 다리가 후들거렸다.

그의 목소리가 들렸다. 더 큰 힘을 주는 사랑… 그래. 항소심이 남았잖아? 기다리는 거야. 언젠가는 끝이 있겠지. 그게 언제인지는 모르지만 분명 끝날 때가 있을 거야.

나는 흐트러지려는 정신을 다시 추스렀다. 정문을 나서는데 내 안에서 알 수 없는 새로운 힘이 솟아났다. 처음으로 그이에게서 사랑의 고백을 듣던 날보다, 아니 청혼을 해오던 그날보다, 더 내 가슴은 흥분과 설렘으로 가득 찼다. 새로운 변화가 내 몸 속에서 일어나고

있었다. 사랑이 더 큰 힘으로 내 안에서 자라는 걸 나는 온몸으로 느
낄 수 있었다.

　나는 가벼운 걸음으로 버스 정류장으로 향했다. (1993)

유치원과 놀이방

 내 이름은 남해동이다.

광복절 날 태어났다고 해서 해방동이의 약자로 지어 준 이름이다.

울 아빠는 아세아자동차공장에 다니는 선반공이다.

요즈음 내 또래 애들은 거의 유치원이나 학원엘 다닌다. 그래서 그런지 낮에 동네를 돌아다녀보면 골목에 나와 노는 애들은 나보다 나이 어린 꼬마들뿐이다.

'치. 나한테 맨날 코피 터지면서… 도복 입는다고 주먹이 세지는 줄 아나?'

'그까짓 속셈? 나도 배우면 너보다 더 잘 할 수 있어!'

태권도학원이다 속셈학원이다 피아노학원이다 하며 애들이 내 앞에서 자랑을 늘어놓을 때마다 나는 속으로 화가 치밀어서 괜히 이렇게 혼자 투덜거리곤 했다.

어느 날 버스 종점에서 엄마를 기다리다가 우연히 노란 모자에 노란 가방을 든 유치원 애들을 보았다. 봉고차에서 내려 뛰어가는 애들의 모습이 여간 부럽지가 않았다. 유치원은 학원하고는 달라 보였다. 거긴 학교처럼 공부도 배우고 별거별거 다 배운다고 했다. 나도 유치원에 다니고 싶었다.

나는 매일 엄마를 졸랐다.

"여보, 해동이가 유치원에 가고 싶대요."

"돈이 썩어졌나? 정우네는 셋방 돈 빼서 외갓집으로 들어가 살고 해고된 친구들은 차비가 없어서 걸어다니는 판인데, 당신 돌았군."

내 친구 정우 아빠하고 울 아빠는 같은 회사에 다니는 둘도 없는 친한 친구다. 두 달 전 정우 아빠가 노조 간부를 하다가 감옥에 가게 되었다. 정우 엄마는 정우 동생을 임신 중이라 정우를 데리고 외갓집으로 이사를 갔다. 나는 더욱 심심했다.

"유치원 한 달 수업료가 5만 원인데 그것도 석 달치를 한꺼번에 내야한대… 여보, 나 취직할까봐."

"취직하는 건 안 말리지만 유치원에는 안 돼!"

"내가 월급 적다고 당신한테 불평한 적 있어요? 아니면 노조일 한다고 반대한 적 있어요? 내가 벌어서 보내겠다는데 왜 안돼요?"

"당신 얼마 전에 뭐라고 했어? 돈 벌면 정우네부터 도와주겠다고 안 했어? 사람이 그러면 못 쓰는 거야. 돈을 보면 사람이 달라진다더니……."

엄마는 취직자리를 알아보겠다고 매일 외출을 했다. 난 동생 해자를 데리고 집을 봐야만 했다.

그런데, 며칠 전 엄마가 집에 돌아오자마자 다짜고짜 돈이 어디서 나서 오락실에 갔냐 바른 대로 대라며 무조건 회초리를 들고 종아리를 때렸다. 사실 바른 말이지 오락실 주인집 딸애가 날 좋아하는지 가끔 자기 엄마가 없을 때 슬쩍 몇 번인가 공짜로 게임을 하게 해 준 적이 있었다. 그런데 그걸 동생 해자가 엄마한테 고자질한 모양이었다.

그날 밤 드디어 일이 벌어졌다. 엄마와 아빠가 대판 쌈이 난 것이다.

"봐요! 내가 며칠 집을 비웠더니 해동이 놈이 오락실이나 드나들고 그러니… 우리가 뭐 땜에 고생해요? 다 자식 잘 키우려는 거 아녜요? 내 아들 좋은 유치원 보내서 우리처럼 노동자가 안 되게 키운다는 게 뭐가 나빠요?"

"노동자가 뭐가 어때서? 사람이 어떻게 사느냐가 중요한 거지 무엇이 되느냐가 중요한 거야? 돈으로 사람을 평가하는 세상이 잘못된 걸 고칠 생각은 안 하고 노동자가 잘못됐다고 생각하는 그게 문제란 말야!"

"당신은 맨날 뭐가 옳으니 세상이 잘못됐다느니 하고 떠들지만 현실은 그게 아니라구요!"

"눈에 보인다고 그게 다 현실인 줄 알아? 돈만 생각하는 눈에는 세상이 다 돈으로 평가하는 걸로 보이겠지. 하지만 세상은 그게 아냐!"

"그러는 당신 눈에는 세상이 다 노조로 보이는 모양이죠? 노동자 좋아하네!"

"말 다 했어?"

아빠가 벌떡 일어났다. 동생과 나는 이불을 덮어쓰고 구석으로 갔다.

엄마 아빠의 고함소리가 들렸다. 베개가 휙 하고 날더니 뭔가 쿵하고 벽에 부딪치는 소리도 들렸다. 해자와 나는 찔끔거리며 울었다.

갑자기 주위가 조용해졌다. 엄마가 흐느끼는 소리가 들려왔다. 나는 살그머니 이불 밖으로 고개를 내밀었다. 엄마는 구석에 쪼그려 앉아 무릎에 얼굴을 묻고 훌쩍거리고 있었고 아빠는 팔로 얼굴을 가린 채 방 한가운데 벌렁 누워 있었다.

"그 흔한 싸구려 타이즈도 새 거 한 번 못 신기고 키운 생각을 하면… 흑. 흑."

아빠가 다시 잔업을 하게 된 건 작년 어린이날에 내가 빵구 난 타이즈를 신고 외갓집에 갔다 온 다음부터였다. 울 아빠는 그 얘기만 나오면 찍 소리도 못하는걸 알기 땜에 엄마는 툭하면 그 얘길 꺼내서 아빠의 기를 콱 죽여 놓곤 했다.

불을 끄고 네 식구가 이불 속에 들어갔지만 금방 잠이 오지 않았다. 엄마 아빠도 무슨 생각을 하는지 돌아누워서 연신 부시럭거렸다.

얼마 전 아빠가 대의원에 당선되던 날, 나는 밖에 나가서 동네 친구들에게 의기양양하게 울 아빠를 자랑했다. 아빠 회사에서 만든 커다란 티셔츠를 입고 일부러 가슴을 쓰윽 내밀며 아빠를 자랑했다.

"이거 울 아빠 회사에서 나온 티셔츠다. 이런 건 아무데서도 안 파는 거래."

애들이 묻지도 않은 이야기까지 하며 나는 은근히 아빠를 자랑했다.

그러나 오늘은 아빠가 미웠다. 유치원에도 안 보내주고… 괜히 엄마한테 화만 내고……

그런데 아침이 되자 나는 어리둥절해지고 말았다. 밤사이에 무슨 일이 있었는지 엄마 아빠가 싱글벙글 웃고 있었다.

"여보. 이거 좀 먹어 봐요."

"당신이나 많이 먹어."

엄마 아빠가 한편이 된 걸 보니 난 갑자기 배신감을 느꼈다. 그러면서도 왠지 불안하기도 했다. 엄마가 아빠한테 양보한걸까? 아니면 아빠가 유치원에 가라고 허락이라도 했단 말인가? 부부란 알 수 없는 묘한 관계다. 그렇게 싸우고 나서 밤만 지나면 언제 그랬느냐고 웃으니… 밤사이에 도대체 무슨 일이 있었단 말인가?

엄마가 생글거리며 나를 쳐다보았다.

"해동아. 유치원 대신 놀이방은 어때? 거긴 노동자를 위해 만든 놀이방이야. 그러고 선생님들도 얼마나 좋다고… 그렇죠, 여보?"

아빠가 숟가락을 든 채 고개를 끄덕거렸다.

"그럼. 정말 좋은 데야… 거기다가 보육비가 아주 싸거든 그래서 한 사람이 유치원에 갈 돈이면 세 사람이나 갈 수 있대. 그래서 해동이 너랑 해자랑, 그리고 또 정우랑 이렇게 셋이서 다 같이 놀이방에 다니게 하려는데, 어때? 우리 해동이가 이렇게 좋은 일을 한 거야. 우리 해동이 최고!"

정우도 같이 간다는 말에 신바람이 났지만 해자하고 같이 가는 건 죽어도 싫었다. 웃어야할지 울어야할지 몰라 얼떨떨해서 앉아있는데 엄마 아빠의 입술이 어느새 내 양 볼에 닿았다.

"어이구 착한 내 새끼."

부부란 정말 알 수 없는 사람들이다. (1991) 🐢

손배청구는 만병통치약이 아니다

아세아자동차 사장은 정각 8시에 회사 정문을 들어섰다.

일주일에 한 번 조찬 겸해서 열리는 회장 댁에서의 아세아그룹 사장단 회의를 마치고 중역회의를 주재하러 출근을 하는 길이다.

작년 12월 노조 비상대책위원회에서 성과금 200% 쟁취를 위한 공청회를 열었을 때 노 사장은 공청회 시간 80분 간을 불법행위로 몰아 비상대책위원장 등 3명에게 9천만 원의 손해배상청구를 내놓았다.

"비대위는 9천만 원에 발이 묶인 상태고, 노조는 임금협상 준비하느라 정신이 없는 상태입니다. 비대위는 비대위대로 이 문제가 선행돼야 한다고 떠들고, 노조는 노조대로 조합원들의 요구를 들어 당장 임금문제를 준비해야 한다고 떠들고, 서로 입장이 갈려서 싸우고 난

립니다. 이대로 가면 임금협상 전에 분열될 게 틀림없습니다. 사실 조합원들이야 굿이나 보고 떡이나 먹으면 되니까 비대위가 어찌 되건 임금 올리는 데만 관심이 있거든요. 중간에서 노조만 죽을 맛이죠. 서로 으르렁거리며 너 잘났다 나 잘났다 하는 꼴이라니… 아무래도 이번 임금협상은 우리 계획대로 차질 없게 진행될 걸로 확신합니다."

노 사장은 상무의 보고를 듣고 만면에 웃음을 띠었다.

역시 무식하고 없는 놈들은 할 수 없구면. 9천만 원에 경기 들린 애들처럼 화들짝 놀래 자빠지는 놈들이 감히 사장인 나에게 도전하다니… 가소롭기 그지없었다.

노 사장은 중역회의를 마치자 다시 벤츠에 몸을 실었다.

오전 10시부터 전경련에서 고위층 관계기관대책회의가 열리기로 되어 있었다.

청와대 비서관과 안기부 간부 그리고 노동부와 대기업 사장들이 물가와 임금인상에 관해 중요한 대책회의가 열리는 것이다.

20분 전에 도착한 노 사장은 곧장 전경련 건물의 1층 로비로 들어섰다.

"노 사장. 오랜만이오."

타코마를 인수하느라 한참 시끄러운 한진그룹 중공업 사장이 오랜만에 부산에서 올라와 있었다. 사우나에서 금방 나온 것처럼 윤기가 잘잘 흐르는 얼굴이 십년은 젊어 보였다.

"그 손배청구란 게 한 방만 때리니까 즉효약이더만."

대여섯 명의 사장들이 만면에 웃음을 띠우며 고개를 끄덕였다.

“대구의 건화 그 사장 사업수완만 좋은 게 아니라 역시 인물이더만. 대차게 맞받아쳐서 노조를 쓰러뜨린 거 보라고. 상여금을 적게 줬다고 노조에서 일주일동안 작업을 거부한 모양인데. 노조위원장하고 총무부장을 즉각 모가지 자르고, 거기다 1800만 원의 손해배상 청구소송을 걸어 해고무효소송하고 맞불을 놓았대. 해고는 무효라고 판정이 났지만 손배청구는 500만 원으로 받아들여졌거든. 없는 놈들이 당장 500만 원이 어디서 나겠어? 소송 취하하는 대신 사표하고 맞바꿨지. 그렇게 해서 화끈하게 해치웠다는구먼.”

한진중공업 사장은 다른 사장들의 얼굴을 둘러본다.

“하긴 그놈의 전노협인가 연대회의인가 거기 우리 회사 노조위원장이 간부로 있잖아? 이번에 그 건으로 노조위원장이 구속됐거든. 노조에서는 이틀이나 규탄집회 한다고 집단 조퇴를 하고, 그것도 모자라 거리로 나가 시민들에게 회사 악선전을 해 댄 거요. 그 생각하면 갈아먹어도 시원치가 않아. 이 놈들을 어떻게 혼내줄까 연구하다가, 대구 건화 사장 하는 거 보고 용기를 얻었지. 노조간부 46명에게 일인당 260만 원씩 총액 1억2천만 원을 배상하라고 통지서를 보냈지. 변상하든가 아니면 사표 쓰고 나가든가 둘 중 하나를 택하라 이거지.우리야 법대로 하면 그만이니까. 하여튼 우리 회사도 요즘 골치가 아파.”

대우전자 사장이 옆에서 한몫 거들고 나섰다.

“얼마 전에 체육대회를 앞두고 우리 회사 광주공장에서 불이 났어요. 그걸 보고 근로자들이 체육대회 행사비로 나온 일인당 5천 원씩 자발적으로 광주공장에 후생복지비로 보내고, 체육대회를 안 열겠

다는 거야. 그 대신 하루를 쉬겠다나 뭐래나? 옳다 잘됐다 싶었지. 건
수 잡힌 거라. 하루 휴무로 인한 손해배상 7천 2백만 원을 지부장과
부지부장 두 놈에게 청구하고 거기다 간부 5명의 임금을 싹 가압류
해버렸지. 구속이다 해고다 정직이다 정신이 없는 판에 갑자기 억이
왔다갔다 하니 미치겠지? 조합원들이야 간부들 사정 봐주나? 임금이
나 많이 올리라고 보채지. 그 놈들 요새 죽을 맛일 거야. 하하하.”

“팬티 벗어주는 바람에 그거까지 내주게 생겼구만. 하하하.”

현대정공 사장이 턱을 쓰윽 문지르며 의미심장한 웃음을 날렸다.

“우리는 말요. 점심시간에 부서별 집회를 한다고 10분을 넘기는
걸 보고 재까닥 대의원 본인하고 신원보증인한테 1억3천만 원을 때
려 버렸어요. 신원보증인까지 끌어들인 건 우리가 처음일 거요. 그
거 직효대. 신원보증인을 끌어들였더니 사지가 꽁꽁 묶였는지, 경영
권이니 인사권이니 하고 떠들던 놈들 입이 딱 벌어져서 찍 소리도
없는 거라. 덕분에 손 하나 안 대고 코를 풀었다니까요. 더도 말고
핵심 간부 몇 놈만 딱 묶어 놓으면 나머지 조합원들은 오합지졸이라
서, 금방 나가떨어지거든. 하도 우리가 세게 치니까 겁이 나는지 적
당히 눈치보다 쓱 들어가고 말데.”

“하긴 요즘은 아예 단협 갱신 교섭 때 손배청구나 협약파기의 조
건을 박자고 나오는 데도 있는 모양인데 노조 놈들이 미칠 지경일거
야.”

사장들은 소파에 깊숙이 몸을 기대고서 득의만만한 웃음을 가득
흘린다.

“역시 말야. 사람은 배워야 돼. 사실 손배청구야 해고나 구속에 비

하면 아무것도 아니지. 그런데도 이놈들이 꺼뻑 죽는 거라. 하기야
두 쪽밖에 없는 놈들 아닌가. 까불어 봤자지. 된통 겁 주면 고분고분
말 잘 듣는다니까. 사실 말이 났으니 말이지 87 때 생각하면 이가 갈
려."

사장들의 이맛살이 찌푸려졌다.

"그땐 왜 이런 기발한 생각을 못하고 쩔쩔 매기만 했는지… 참."

"그야 다 때가 있는 거 아뇨? 그때야 노조가 하나로 똘똘 뭉쳐서
죽기 아니면 살기로 달려들었으니까. 아마 그럴 땐 손배청구 같은 것
도 아무 소용이 없었을 거요. 암 그때 같았으면 어림도 없는 소리지."

"맞아. 지금은 그때와 비교하면 많이 달라졌지. 근로자들도 이젠
지쳤거든. 슬슬 편해지고 싶다 이거지. 맨날 구속되고 뚜드려 맞으
니까 이젠 몸도 사리고 싶다 이거지. 없는 놈들이 길게 버틸 수 있
나? 저놈들이야 시간이 지날수록 뒤가 켕길 수밖에. 우리야 힘 있겠
다 돈 있겠다 시간이 가면 갈수록 유리해질 수밖에… 머리 좋은 놈
들이 갖가지 기발한 아이디어를 짜내는 판에, 지들이 견딜 재간이
있나? 하지만 가장 중요한건 뭐니뭐니해도 역시 정치요. 정치가 안
정되어야 해. 정치가 혼란기에 빠지면 아무리 뾰족한 수가 있어도
악수가 되는 거거든."

노 사장은 턱을 쓰다듬으며 생각에 잠겼다. 역시 청와대하고 안기
부에서 정치를 잘 하는 거 같았다. 이번엔 정치자금 낼 때 듬뿍 좀
안겨 주어야겠다는 생각이 들었다. 하긴 정치자금이야 일종의 보험
아닌가. 많이 내면 그만큼 이익이 배로 돌아오는 법이니까 손해 볼
게 없는 셈이다. 생돈 내는 것도 아니지 않은가?

노 사장이 혼자 미소를 띠우며 이런 생각을 하고 있는데 운전수가 허리를 굽히고 살금살금 다가와 무선전화기를 내밀었다. 전화기 속에서는 상무의 목소리가 기어들어가고 있었다. 노 사장은 미간을 찡그리며 표정을 굳혔다.

"저… 노조하고 비대위하고… 합치기로 전격적으로 결의가 됐답니다. 손배청구에 공동대처한대나. 그러면서 실무자가 전노협의 공동대책회의에 갔다는데요."

노 사장의 얼굴이 험악하게 일그러졌다. 어떻게든 노조를 분열시켜야 하는데…….

바로 그 시간에 아세아자동차 노조의 대외협력위원인 해동이 아빠는 공동대책회의의 테이블에서 충혈된 눈을 빛내고 있었다.
(1991)

원진 사람들

"오늘 김봉환 동지의 장례식에 가실 분 안 계십니까?"

해동이 아빠는 부위원장 직무대리의 얼굴을 바라보았다. 구속 중이거나 수배 중인 간부들을 제외한 나머지 간부들은 요즘 눈코 뜰 새 없이 일이 바빴다. 아무리 둘러봐도 시간을 낼 사람은 자신밖에 없었다. 해동이 아빠는 약속을 내일로 미루어 놓고 원진 레이온에 가기 위해 미금시로 향했다.

친일파 박홍식이 일제시대의 고물기계로 인견사를 생산하기 시작한 지 30년 동안 재작년까지 한해 48억의 순이익을 냈다는 원진.

물이 고인데 잘못 발이 닿기만 해도 가렵고 피부가 벗겨지기 때문에 한여름에도 여자들이 샌들을 못 신고 다닌다는 원진.

한 달 전에 다녀왔던 방사과의 현장 모습이 아직도 기억에 생생하게 남아 있었다. 직업병과 산재문제에 공동대처하기위해 조사차 노조에서 몇 명의 간부들과 원진을 방문한 적이 있었다.

방사과에 들어서자마자 코를 찌르며 악취가 숨을 탁 멈추게 했다. 바로 유태인 학살에 쓰인 독가스 중의 하나라는 이황화탄소였다. 그뿐이 아니었다. 악취와 함께 갖가지 기계의 소음이 고막을 찢을 듯 가득 찼다. 그곳은 한마디로 노동자를 죽음으로 모는 죽음의 공장, 노동자의 아우슈비츠였다.

바닥의 널빤지는 걸을 때마다 삐걱대고 한 발이나 되는 널빤지 틈새로는 독가스와 약물이 섞여 죽같이 굳어버린 찌꺼기들이 한 키도 넘게 차올라 있었다. 주로 신참들이 청소를 맡는다는 하수구는 죽음의 하수구였다. 얼마 전 청소하러 하수구에 들어갔던 세 사람이 차례로 독가스에 즉사한 적이 있었다. 오죽하면 널빤지 밑을 내려다보다 눈을 뜰 수가 없어 시린 눈을 가리고 코를 싸쥐고 돌아섰던가.

천정을 어지럽게 가로질러간 송수관이나 환기통 같은 시설물들은 하나같이 녹이 슬어 머리 위로 쇳가루가 부스스 떨어져 내릴 것 같았다. 실내는 최루탄 가스를 뿜어댄 것처럼 먼지와 가스가 뿌옇게 가득 차 짙은 안개 속처럼 눈앞이 보이지 않았다.

환기구멍마다 테이프를 붙여놓아 실내는 완전 죽음의 수용소를 방불케 했다. 노조에서 환기구멍을 열어놓으면 어느새 회사간부들이 몰래 테이프를 붙여 환기통을 막아버린다는 것이다. 이유인즉 원래 인견사는 가스가 많이 찰수록 실이 좋아지기 때문이란다. 관리자들이 걸핏하면 하는 소리가 옛날엔 실이 좋았는데 요즘은 질이 떨어진다고 하는 게 바로 그 원인이었다. 결국 실이 좋아지려면 그만큼 노동자들이 독가스가 가득 찬 실내에서 일해야 한다는 반증인 셈이다.

얼마나 더 병들어 죽어나가야 한단 말인가.

회사에서 지급하는 방독면을 검사기관에 의뢰한 결과 필터가 형편없는 엉터리라 독가스는 그대로 입안으로 들어갈 수밖에 없다는 것이다. 그러고도 8시간 일을 시킨다는 건 명백한 살인행위가 아닌가.

직업병이 전혀 없다고 회사가 잡아떼던 후 처리과도 마찬가지였다.

후 처리과 콘 권사는 실을 감는 부서인데 한 사람이 동시에 48대에 실을 감되 굵은 실이건 가는 실이건 일정하게 2150g을 감아야하는 곳이다. 작년에 민주노조가 생겨서 지금은 3교대로 8시간씩 일하지만 그전까지도 2교대로 12시간씩 꼬박 서서 실을 감았다고 했다. 무릎 관절이 고장 나 절뚝이며 작별인사를 하던 여성부장은 원진에 다닌 지 3년이 겨우 넘은 새댁이었다. 3년 사이에 그 지경으로 다리가 결단 났다면 그 이상 일하던 아줌마들이야 더 말해 무엇 하겠는가.

"당연히 저도 얼마 다니다 그만둘 생각이었어요. 우리 신랑도 나가지 말라고 말렸고요. 하지만 작년 민주노조에 간부로 활동하면서 생각이 바뀌었어요. 나보다 훨씬 더 오래 일한 아줌마 아저씨들이 당한 걸 알게 되자 젊은 내가 나서서 그분들의 억울함을 풀어주어야 한다고 생각했어요. 지금도 그분들은 자식들 땜에 병든 몸을 숨기고 쉬쉬하면서 말도 못하고 지내거든요. 쫓겨날까봐 병을 숨기는 거죠. 병이 들어 쫓겨나봐요? 어디 가서 입에 풀칠할 일거리를 찾겠어요? 한 직장에서 일하면서도 내 옆자리의 아줌마 아저씨들이 그 지경인 줄 모르고 1,2년을 다녔으니… 이제라도 그분들을 위해 그리고 내 자식들만은 이런 지옥 같은 공장에서 일하지 않게 하기 위해 저라도 싸워야 하지 않겠어요?"

여성부장의 이야기는 차라리 절규처럼 들렸다. 해동이 아빠는 노조회보에 실린 홍보부장이 쓴 기사를 다시 한번 읽어 내려갔다.

"노동자는 하나라는 말이 그때처럼 실감난 적이 없었다. 여성부장의 한마디 한마디는 바로 노동자는 하나라는 말을 실천하는 진짜 노동자의 목소리였다. 노조간부를 하면서 나도 입으로는 노동자는 하나라고 떠들었다. 그러나 과연 내가 그런 정신으로 실천하고 있었는지 처음으로 나는 나 자신을 반성하면서 심한 부끄러움을 느꼈다.

동지들이여. 선봉에 선 원진 동지들을 따라 우리도 다 같이 투쟁으로 보답합시다!"

해동이 아빠는 신문을 접었다. 청량리역을 나와 로타리에서 이번에는 버스를 갈아탔다.

원진의 높은 굴뚝은 두세 정거장 밖에서도 보일 만큼 높았다. 정문 앞에서 석 달 가까이 비닐 천막에서 비바람을 견디며 지켜낸 빈소는 이제 "고 김봉환 동지 장례위원회"라는 현수막으로 바뀌어 있었다. 이제 김봉환 동지는 전 조합원의 품으로 돌아가 장례식장에 안치되어 있었던 것이다.

죽는 순간까지 외동딸의 학비걱정을 했었다는 김봉환 씨의 부인과 딸이 앞자리에서 고개를 떨구고 앉아 있는 게 보였다.

"미금시 땅값이 금값이 아닙니까? 직업병이니 뭐니 하도 시끄러우니까 이 기회에 땅 팔아서 그 돈으로 기계는 자동화하고 공장은 땅값이 싼 지방으로 이전한다는 겁니다. 우리도 자동화된 무인 시스템을 찬성합니다. 하지만 여기서 30년 동안 독가스를 마시며 병든 노동자는 어떻게 살아야 합니까? 회사가 이사 가고 나면 직장을 잃는 건 둘째고 병 걸린 우리는 어디서 보상받고 생계를 꾸려가야 하냐는 겁니다. 이런 대책이 먼저 세워져 회사와 정부 그리고 노동자인 우리가 합의를 거쳐야 하는 거 아닙니까? 그런데 사장이나 정부는 여론 핑계를 대고 무조건 내빼려는 수작만 부리니까 우리도 가만히 앉아서 당할 수만은 없다는 겁니다."

원진레이온 직업병 노동자협의회 사람이 나와 목청을 울렸다.

구호가 끝나고 이번엔 여성부장의 조사가 시작되었다.

여기저기서 조용히 흐느끼는 소리가 흘러나왔다. 눈물도 이미 말라버렸을 권경용 씨의 부인은 먼 하늘을 바라보며 무심하게 앉아 조사를 듣고 있었다. 육신의 고통을 참을 수 없어 스스로 목숨을 끊은 권경용 씨는 남은 가족들이 27만 원의 산재급여마저 못 받을까봐 사망신고도 하지 말라고 유언했었다. 죽은 남편의 시신조차 제대로 보내주지 못했을 미망인의 심경이 오죽 할까… 눈물을 감추려고 눈을 들어 위를 올려다보니 수원지와 직접 연결되었다는 송수관이 장례식장의 하늘을 가로 지르고 있었다. 인견사는 깨끗한 물이라야만 좋은 실을 만들기 때문에 수원지에서 직접 오염되지 않은 물이 온다고 했다. 페놀로 오염된 물을 마시면서 이황화탄소에 중독되어 죽어간 남편을 생각하는 그 미망인에게 저 오염되지 않은 물은 어떤 의미가 있는 걸까?

"규탄대회 날 경찰들이 정문 앞에서 이러데요. 이런 회사 다니지 말고 차라리 노가다나 나가지 그러냐구요. 일당도 더 많고 직업병도 안 걸리니 좀 좋으냐는 겁니다. 그럼 인견사는 누가 만드냐니까 아무 말도 않고 가버리데요.

여러분! 노동해방의 그날이 오면 저는 그 경찰한테 이렇게 말해줄 겁니다. 경찰하면서 맨날 욕만 먹지 말고 노동자가 되어 존경받고 사람대접 받으며 살라고 말입니다."

여성부장의 마지막 한마디가 손바닥에 부딪쳤다.

오열 가운데로 파드득 하고 놀란 새 한마리가 날개를 펴고 날아올랐다. (1991)

죽은 자는 말이 없다?

 "이 짓도 못해 먹겠어. 차라리 잡아다 족치는 게 낫지, 똥구멍이나 긁어주니까 이것들이 더 기고만장해갖고… 에이 더러워서 참."

아세아자동차 담당 안기부원 정만호는 씩씩거리며 보고서 뭉치를 책상위에 홱 던지듯 올려놓는다.

"정 과장 왜 그래?"

마침 부장이 지나다가 빙글거리며 다가왔다.

"아. 그 아세아자동차 대외협력위인가 뭔가에 있다는 놈 말예요. 대갈빡에 피도 안 마른 새끼가 겁 대가리 없이 죽을라고 환장을 했는지, 안기부원은 무조건 안 만나겠다고 뻣대지 뭡니까?… 아쉬운 게 누군데 이것들이 뭐 노조간부가 되니까 보이는 게 없는지 모가지에 힘주고 있으니, 놀고 자빠진 꼴을 보고 있자니 내 참 더러워서……."

부장은 팔짱을 끼고 의미 있게 웃었다.

"만나고 안 만나는 게 지들 맘대론가? 안 만날 수 없게 이쪽에서 만들기 나름이지… 아 한진의 박창수를 보라구. 안 만날래야 안 만날 수가 없게 만드는 데야 어쩔 거야? 가둬놓고 매일같이 구슬리다가 겁주다가 전노협 탈퇴하라고 질기게 늘어져 봐. 잠이 오겠어? 밥맛이 나겠어? 거기다 감방에선 뱀 같은 놈들이 옆에서 인신 매매범이 여자를 잡아다 어떻게 잡아먹고 팔아먹는지 나팔을 불어대지. 학생들 하고는 달라서 기집 새끼 있는 놈들은 용 빼는 수가 없는 거야. 낚시할 땐 물때도 맞추고 바람도 살펴야 되지만 뭐니뭐니해도 미끼가 좋이야 돼! 물었다 싶을 땐 꽉 조져버려야 돼! 죽어도 할 수 없는 거지. 지가 안 죽으려면 말을 듣던지 죽겠다면 무슨 짓을 못 하겠어? 그것까지 우리가 책임질 수 있나? 안 그래?"

부장은 표정도 바꾸지 않고 여유를 흘리며 시종일관 웃는다.

"그러다 의문사니 뭐니 떠들면 외려 일을 망치는 거 아닙니까?"

"박종철이 죽을 때야 병신 같은 새끼들이 새파란 당직의사 하나 잡아놓지 못하구선 당황해서 그렇게 된 거구… 일단 목 매단 시체나 바다에 떠내려 온 시체가 돼 보라구. 시체가 일어나 말할 리도 없고 옆에서 떠들어 봤자지."

"그렇지만 정치란 게 여론에……."

"이봐! 여론도 사람이 만드는 거야. 사람이 만드는데 못할게 있어? 기자들 다루는 것도 마찬가지라구. 잡아다 흠씬 패서 겁나게 만들어 놓고는 돈 다발을 엄청나게 안겨 보라구. 뭐니뭐니해도 채찍과 당근

만큼 좋은 건 없다니까. 그런 게 싫으면 아예 정치 그만둬야지."

정만호는 긴장할 때 버릇처럼 말없이 볼펜만 찰칵거렸다.

"이봐. 정 과장. 데모하다 거리에서 죽는 거야 인정 안 할 수 있나? 하지만 일단 우리 손에 들어오면, 우리가 요리하기 나름이지. 모르긴 해도 수사 담당자들 다 승진해서 늘어지게 살고 있을 걸. 누가 뭐라고 떠들어 봤자지. 죽은 자는 말이 없는 거거든. 지들이 무슨 수로 증거를 잡아내? 자 자. 소신을 가지라구. 자네는 한 가지만 생각하면 돼. 아세아자동차가 파업을 벌였다하면 내 모가지는 없다, 이거 하나만 생각하라구. 알겠나? 벌써 답이 나오지 않나?"

부장은 정만호의 어깨를 다정하게 툭툭 치면서 방을 나간다. 부장의 마지막 말이 묘하게 뒤통수를 쳤다. 모가지가 달아난다? 그건 분명 협박이었다. 전쟁이었다. 내가 죽든가. 아니면 상대편이 죽든가. 그래 죽기 아니면 살기다.

정만호는 아세아자동차가 파업을 결의한 이후로 통 잠을 자지 못했다. 좋아하는 마작도 요즘은 손도 대보지 못했고 회를 쳐 먹어도 시원치 않을 미스원의 팽팽한 살 냄새도 맡아본지가 벌써 일주일이 넘었다.

내일 5차 협상에서 어떻게든 타결을 보게 해서 파업만은 막아야했다.

프락치로 심어놓은 노조간부 말로는 해동이 아빠라는 녀석이 직무대리의 모가지를 쥐고 있는 실세라고 했다. 하지만 도무지 이 새끼는 안기부라면 말도 꺼내지 못하게 한다는 것이다.

"나도 사람이고 안기부원도 사람인데. 사람이 사람을 만나면 어떻게 되겠소? 얼굴을 맞대면 자연 인간적으로 대할 수밖에 없는 거요. 그러나 그 사람하고 나하고는 서로 싸우는 상대란 말이요. 그런데 인간적으로 가까워지면 어찌되겠소? 뻔한 거 아뇨? 난 아예 빌미가 될만한 싹조차 없애겠다 이 말이요. 노조간부 치고 막 된 놈은 없소. 모두 착하게 살려는 사람들이요. 착하다보니 인간적 정에 약하기도 한 게 약점이란 걸 알아요. 그놈들은 바로 이 약점을 이용하려고 한다 이 말입니다. 그러니까 괜히 착한 사람 유혹해서 어떻게 해 보려는 생각하지 말고 싸우려면 정당하게 맞장을 붙으라고 하시오. 나는 물론이고 어느 간부고 기대하지 말라고 전하소.”

이 말을 전해들은 정만호는 피가 머리로 치솟아 온몸에 열이 뻗쳤다.

‘감히 건방지게 맞장을 붙자고? 와. 열난다. 정말.’

‘내 손에 잡히기만 해 봐라. 얼마든지 요리해주마. 하지만 그 한줌도 안 되는 피라미가, 주제에 그물 근처에는 얼씬거리지도 않으니 어쩐다?’

‘한번 뜨거운 맛을 보여줄까?’

하지만 지금 김귀정인가 하는 기집애가 죽어서 정국이 다시 얼어붙어 초긴장 상태인데 거기다 기름을 붓는 짓을 할 수는 없었다. 박창수란 놈 때문에 안기부에 대한 의심이 안 풀린 판에, 괜히 섣불리 협박이나 회유를 했다가 꼴통 놈이 나팔을 불어대면, 괜히 빌미만 주는 셈이 될지 모른다.

파업은 막아야하는데… 담배 불을 붙이고 한참 생각에 잠겨 있는데 부장이 얼굴이 붉어져 방으로 들어오더니 황급히 웃 저고리를 걸

쳐 입는다.

"정 총리서리께서 외대에서 밀가루니 달걀 세례를 받았다는구먼. 자… 오늘은 다들 나가지 말구 자리에서 기다려요. 위에 올라가 회의하고 올 테니까."

정만호의 눈이 빛나면서 머리가 반짝거렸다.

'역시 총리는 달라. 대통령이 역시 사람 보는 눈이 있어. 이렇게 수세에 몰려 있을 때 살신성인하는 양반이 나섰으니… 눈에 넣어도 아프지 않을 만큼 총애를 받고도 남을 양반이야. 저런 양반이 두 명만 더 있으면 대통령은 두 다리 뻗고 잘 텐데 말야. 음 맞아. 바로 그거야! 충성은 저렇게 하는 거다 이 거지. 역시 총리야. 나도 한 수 배웠는데……'

정만호는 자리에서 벌떡 일어섰다.

창밖을 내려다보니 부장이 탄 그랜저가 정문을 미끄러지며 나가는 게 보였다. 정만호의 눈에는 그랜저를 타고 나가는 부장의 모습이 어느새 자신의 모습으로 바뀌어갔다.

그의 가슴이 두근거렸다. (1991)

꿈보다 해몽

집에서 일요일 저녁을 보내는 게 얼마만이지?

해동이 아빠는 잠이 든 해동이와 해자를 이부자리 위에 안아다 나란히 눕혔다. 두 아이의 발그레해진 볼을 만져보았다. 매끄러운 살갗에 부드러운 솜털이 만져졌다. 손이 스칠 때마다 녹아버릴 것만 같았다.

해동이 아빠는 오래 동안 잠든 아이들의 얼굴을 내려다보았다.

오랜만에 가정의 평온함과 가장으로서 아버지로서 뿌듯함을 느꼈다.

선풍기를 끄고 나서 방안을 둘러보았다. 신혼 때처럼 아내가 들어오기 전에 집안 청소라도 해볼까하는 생각이 들었다.

여기저기 벗어놓은 애들 양말짝이며 해동이가 어질러놓은 딱지들과 해자의 소꿉을 치운 뒤 대강 걸레로 방안을 닦았다. 걸레를 들고 부엌으로 나가보니 거기도 일감이 쌓여 있었다. 아내 혼자 종종걸음을 치며 집안일을 하는 모습이 떠올랐다. 그는 부지런히 설거지를 해놓고 양말과 수건들도 빨아서 빨래 줄에 가지런히 널어놓았다.

어디선가 9시를 알리는 시보가 울렸다.

'아니… 그런데 왜 이렇게 늦지?'

해동이 아빠는 무의식중에 대문 쪽으로 눈을 돌렸다. 오랜만에 아내와 단둘이 오붓하게 일요일 저녁을 지낼까 했더니 다 틀린 모양이다.

"여보. 우리 회사 아줌마 한 분이 그러는데 종점에 가면 용한 처녀 점쟁이가 있대. 정숙씨도 위로할 겸 같이 갔다 금방 올게. 당신 애들 좀 봐 줘요. 응?"

문간방에서 자취하는 정숙씨는 한 달 전 동생이 야근한 틈에 연탄불을 피워놓고 자살을 시도했다. 3년 동안이나 사귀던 남자가 다른 여자와 결혼을 하게 되었다는 것이다. 아내는 마치 자기가 당한 것처럼 분해했다. 남자는 다 도둑놈이라고 해동이 아빠까지 도매금에 싸잡아 화를 내는 통에 한동안 시달린 적도 있었다.

점이라든가 운명이라든가 하는 걸 도통 믿어본 적이 없는 그였다. 아내 역시도 그 점에서는 그와 의견이 같았다. 결혼할 때 어머님이 궁합을 보자는 말을 한 적이 있었지만 그는 일언지하에 잘라 버렸다. 평소 아들의 생각을 잘 아는 어머님은 더 이상 아무 말 않고 아들의 뜻을 따라주었다. 그런 그가 아내가 점을 보러간다는 말에 왈가왈부를 하지 않은 건 나름대로 생각이 있어서였다.

정숙 씨의 소개로 아내가 전자회사에 취직을 하게 된 것도 그 이

유 중의 하나였다.

　평소 고맙게 생각해온 정숙 씨가 어려운 입장에 처했으니 어떻게 든 도와주게 하고 싶었다. 새 출발할 용기를 갖게 해주고 싶었다. 상처를 입고 약해진 마음에 혹시 위로가 될까하는 한 가닥 요행수를 바랐는지도 몰랐다. 사랑에 관한한 제3자가 뭐라고 할 말은 없었다. 다만 잊을 건 되도록 하루빨리 잊는 게 좋다. 주위 사람들이라도 나서서 그녀가 상처를 빨리 잊어버리도록 도와주고 싶었다. 다른 남자를 소개시켜주고도 싶었지만, 워낙 진지한 성격의 정숙 씨는 한마디로 거절했다. 아직 떠난 남자를 잊지 못하고 그리워하고 있던 정숙 씨로서는 단박에 마음속에 다른 남자가 들어올 리가 없었다. 이럴 때 다른 남자를 사귀는 건 자신의 상처를 잊기 위해 다른 남자를 이용하는 것밖에 더 되냐며 거절했다.

　어쨌든 떠난 사람에게 미련을 버리지 못하는 정숙 씨를 지켜보는 주위 사람의 심정은 안타까웠다. 이 때문에 점 보러간다는 말에 아무 말 없이 아내의 동행을 허락했던 것이다.

　그러나 9시를 넘어가자 해동이 아빠는 슬그머니 화가 나기 시작했다.

　애가 둘이나 딸린 여편네가 남편 혼자 두고 밤늦도록 돌아다닌다는 게 말이 되는 거야? 내가 노조 일에 미쳐서 다니는 죄로 아내한테는 웬만한 일도 오냐오냐 해주었더니 남편 알기를 우습게 아는 게 아냐? 그는 마음속으로 혼자 중얼거리며 괜히 방안을 서성댔다. 주말의 영화도 보고 싶지 않아 텔레비전을 끄고 방 가운데 벌렁 누웠다.

　어느 틈에 아내가 부엌문을 열고 들어서는 소리가 들렸다.

빨래도 했지 설거지까지 해 논 걸 보면 놀랠 걸? 얼마나 좋아할까. 미안한 마음에 방실방실 웃으며 애교를 떨겠지. 처음엔 화 좀 내다가 풀어줘야지. 그러면서 그는 자는 척 시치미를 떼고 눈을 감고 있었다. 그런데 이게 웬일인가. 아내는 방안에 누워있는 남편을 거들떠도 보지 않고 말없이 옷을 갈아입는 것이었다.

해동이 아빠는 그런 아내를 보자 화가 치밀었다.

"아니 여자가 어딜 밤늦게 쏘다녀?"

"여자는 밤늦게 돌아다니면 안 돼요?"

"뭐?"

방귀 뀐 놈이 성낸다더니… 화를 내야할 사람은 누군데 지가 먼저 선수를 쳐?

해동이 아빠는 벌떡 일어섰다. 그러나 아내는 남편을 본척만척 계속 태연하게 이번엔 요를 깔고 혼자 누워 이불을 뒤집어썼다. 너무나 당당한 태도였다. 눈썹 하나 까딱 않는 아내의 표정을 대하니 반대로 오히려 그가 아내의 눈치를 살피게 되었다. 혹시나?

"무슨 일이 있었어?"

"무슨 일은… 아무 일도 없었어요."

"근데 왜 그래?"

아내는 아무 대답이 없었다. 그는 이불을 벗기고 아내를 자세히 바라보았다. 아내의 눈가가 젖어있었다. 마음이 고운 아내는 정숙 씨가 당한 상처를 자기 상처처럼 아파하고 혼자 운 적도 있을 정도였다. 그는 목소리를 누그러뜨리고 아내의 팔을 가만히 잡았다.

"정숙 씨한테 안 좋은 얘기 들었어?"

"안 좋기는? 그 남자하고 헤어지길 백 번 잘 했대요. 그 남자하고
는 원래 안 맞는 사람이래. 결혼해서 살았으면 속깨나 썩일 위인이
래. 여자 땜에 패가망신할 사람이래나 뭐래나? 헤어지길 백번 잘 했
다고 하데. 서른 넘어 시집가면 잘 살 거니까, 미리 액땜 한 셈 치고
새 출발하면 앞으로 더 좋은 남자가 생길거래."

"그거 잘 됐네. 정숙 씨도 좋아했겠네."

"좀 위로가 된 눈치데."

"그거 듣던 중 반가운 소리네. 그런데… 당신은 왜 그래?"

"내가 뭐 어때서?"

"다 잘 됐다면서 왜 뾰루퉁해서 그러냐구?"

아내는 갑자기 그를 쏘아보더니 밑도 끝도 없이 소리를 버럭 질렀
다.

"나는요, 남씨라면 이가 갈린다구요."

그러면서 아내는 이불을 걷어차고 일어나 앉더니 대들듯이 남편
의 얼굴을 빤히 쳐다보았다. 완전 도둑이 매를 든 격이었다. 분위기
는 완전 역전이 되어버렸다.

"정숙이가 나더러도 한번 점을 보라고 해서 나도 봤지요. 세상
에… 점쟁이가 날더러 뭐래는지 알아요? 남편 복 자식 복 지지리도
없는 여자래요. 당신하고 해동이 두 부자는 평생 돈하고는 담을 쌓
고 살면서 내 속을 썩일 사람이래고. 거기다 당신은 올해 관재수가
껴서 잘못하면 감옥에도 갈 거래. 정숙이처럼 나도 시집을 늦게 가
야하는데 잘못 갔대요. 얼마나 내 사주가 나빴으면 점쟁이가 복채도
안 받겠어요?"

"하하하…"

해동이 아빠는 허허 하고 웃기 시작했다.

"어머… 이이가? 웃어? 남은 눈물이 나는데… 점쟁이가 오죽 내가 불쌍했으면 날 위로해주면서 마지막에 그럽디다. 남편이 마음 하나는 바로 쓰는 사람이니 부부금실만은 좋을 거라면서 맘 하나 믿고 살래나. 그러면서 자식도 효심만은 끝내준답디다. 내가 그런 점쟁이한테까지 동정을 받는 처지가 되었으니… 무슨 팔자가 이렇게 기박한지……."

아내는 울먹거리며 말끝을 맺지 못하고 말았다. 그는 연신 싱글벙글 웃으며 아내의 얼굴을 점점 더 재미있다는 듯 바라보았다.

"이봐. 자본주의에서는 모든 걸 자본주의식으로 해석하는 거야. 그걸 반대로 풀어 봐. 해동이나 내가 당신 속을 썩인다는 건 거꾸로 올바른 사회를 위해 올바른 일을 하는 사람이 된다는 증거야. 그래도 그 점쟁이 한 가지는 기가 막히게 맞혔네. 우리 둘이 금실 좋다는 거하고 해동이가 효자라는 거 말야. 당신은 시집 한번 기막히게 잘 온 거라구. 그리고 앞으로 두고 봐. 나보다 해동이 그놈이 더 큰 일을 할 놈이야. 알았어? 여보. 나 좀 쳐다봐."

아내의 젖은 눈가에 잔주름이 잡혔다. 아내는 남편에게 눈을 흘기며 웃었다.

"꿈보다 해몽이 좋다더니… 이 엉터리!" (1991)

남자가 여자를 만났을 때

우리 이모는 올봄에 고등학교를 졸업했다.

이력서를 낸 회사가 수십 군데지만 지금까지 감감 무소식이다. 빽이 없어서 취직이 안 되는 거라던 아빠 말이 맞는지도 모른다.

엄마가 공장에라도 다녀보라고 하면 이모는 펄쩍펄쩍 뛰었다.

"공순이 소리는 죽어도 안 들을 거야! 난 꼭 사무직으로 취직해서 돈 벌어 대학에 갈 거야. 절대로 형부 같은 노동자 만나서 언니처럼 고생하며 살지 않을 거야!"

그렇지만 오늘처럼 엄마가 야근 땜에 늦는 날이면 나는 이모가 더 오래 취직이 안 되기를 바란다. 엄마가 없을 때 이모가 만들어주는 카레라이스는 내가 제일 좋아하는 음식이기 때문이다.

"해동아! 잘 있었니?"

삼촌이 방문 사이로 얼굴을 내밀었다. 그리곤 이모를 보자마자 얼굴이 빨개져서 어쩔 줄을 모른다.

오진성 삼촌은 아세아자동차의 정방대원이다. 삼촌 자취방이 우리 집을 지나가기 땜에 지나는 길에 자주 들리곤 한다. 하지만 요즘 들어 삼촌의 발길이 부쩍 잦아지게 된 건 순전히 우리 이모 때문이다.

나는 삼촌이 얼굴이 빨개진 이유를 안다.

언젠가 엄마가 아빠한테 이렇게 말하는 소리를 들은 일이 있다.

“여보. 아무래도 삼촌이 내 동생을 좋아하는 거 같애. 그 애는 노동자라면 싫어하는데 어떡하면 좋아? 일찌감치 속 차리라고 당신이 삼촌한테 귀띔 좀 해봐요.”

하지만 아빠는 태평스럽게 웃었다.

“내버려 둬! 한창 땐데 말린다고 듣겠어? 눈에 뵈는 게 없을 텐데. 그리고 남자가 여자한테 딱지도 맞아보고 그래야 세상맛도 알고 크는 거라구. 혹시 또 알아? 세상에 모르는 게 남녀사이라는데 소 뒷발에 쥐 잡힐지 알 수 없지.”

삼촌은 이모의 눈치를 보면서 주춤거리며 서 있었다. 이모가 삼촌더러 들어오란 말도 안 하고 못 본 체 해자한테 밥만 떠먹이는 걸 보고는 주눅이 든 모양이었다.

나는 얼른 삼촌의 손목을 잡아끌었다.

“삼촌 나 딱지 만들어줘!”

명색이 남잔데 자존심이 있지. 나는 삼촌의 자존심을 살려주기 위해 순간적으로 기지를 발휘하여 삼촌이 우리 방에 들어올 당당할 구실을 만든 것이다. 삼촌은 머리를 긁적이며 마지못한 듯 내 손에 끌린 척하며 방으로 들어섰다.

삼촌과 나는 달력 종이를 접어 열심히 딱지를 만들었다.

설거지를 마친 이모는 해자와 소꿉놀이를 시작했다.

그러고 보니 남자는 남자끼리 여자는 여자끼리 따로 노는 꼴이 되었다.

진성이 삼촌은 얼굴도 멀끔하게 생겼지만 키도 크고 덩치도 좋았다. 그런 삼촌이 한 움큼 밖에 안 되는 쬐끄만 이모의 눈치나 흘끔거리다니… 남자가 쩨쩨하게 저게 뭐람. 새침하게 돌아앉은 이모가 얄밉기도 하고 한편으로 곰같이 미련한 삼촌이 답답하기도 했다.

"저 실례지만 이번 일요일에 시간 있습니까?"

드디어 삼촌이 남자답게 먼저 포문을 열었다. 역시 정방대원답게 씩씩한 사나이다.

"이번에 우리 직훈 동기생들이 등산을 가는데 시간 있으면 같이 가시……."

이모의 숙인 얼굴에서는 웃을 듯 말 듯한 미소가 번져갔다. 그러나 이모는 곧 표정을 바꾸어 전혀 관심 없다는 듯이 한마디 한마디를 딱딱 끊어가며 정 떨어지는 차가운 목소리로 또박또박 대답하는 것이었다.

"전 등산 안 좋아해요. 그리고 일요일엔 친구하고 약속이 있어요."

삼촌의 얼굴이 홍당무처럼 빨개지더니 딱지를 접는 손이 부들부들 떨렸다.

나는 이모가 태연하게 뱉는 거짓말에 놀라 두 사람을 번갈아 쳐다보았다.

이모가 등산을 좋아한다는 건 외갓집도 우리 집도 다 안다. 그리고 이모는 시골에서 학교를 다녀서 서울에는 친구가 없었다. 맨날 심심하다면서 텔레비전 앞에서 하품만 하던 이모였다. 그런 이모가 삼촌 앞에서 저런 거짓말을 하는 건 분명 여자의 얄팍한 자존심일 거다. 내숭을 떠는 이모가 정말 얄미웠다. 그리고 삼촌이 너무 불쌍했다.

"삼촌 나도 딱지 하나 만들어줘."

하필이면 이런 미묘한 분위기에 철딱서니 없는 해자가 나서게 될 줄이야.

소꿉놀이에 진력이 났는지 해자가 아장아장 삼촌에게 다가와 어리광을 부렸다.

이모와 해자가 같은 여자라는 것도 미운데 거기다 내 딱지를 만드는 걸 방해한다니 불끈 심통이 났다. 난 참을 수가 없었다.

"저리 가! 여자는 딱지치기 하는 거 아냐!"

나는 단숨에 해자를 뒤로 떠다밀었다. 해자가 앙하고 울음을 터뜨렸다. 이모는 해자를 덥석 안으면서 한마디 할 듯 나를 흘겨보았다.

삼촌은 나를 자기 무릎에 앉히며 내 머리를 쓰다듬었다.

"해자는 어린 동생이고 또 여잔데 그렇게 떠밀다 다치면 어떡해? 그리고 여자는 왜 딱지치기 하면 안 되지? 우리 회사에도 삼촌이나 아빠하고 똑같이 기계를 잡고 일하는 아줌마도 많은데. 그리고 엄마도 아빠하고 똑같이 일을 하러 회사에 다니잖아? 여자도 남자하는 일을 할 수 있는 거구 그래서 남자 여자는 다 똑같은 거야. 아빠하고 삼촌이 이번에 노조에서 싸운 게 뭐냐 하면 여자와 남자의 월급을 똑같이 해달라는 거였어. 이번에 우리가 이겨서 이제는 여자들 월급이 남자하고 같아졌거든. 그러니까 해동이도 앞으로 여자와 남자는 똑같다고 생각해야 돼. 알았지?"

삼촌이 이렇게 의리 없게 나올 줄은 정말 몰랐다.

아빠도 엄마를 꼬실 때 저렇게 아부를 했을까?

하지만 지금은 그런 생각을 할 때가 아니었다. 같은 남자로서 삼촌의 체면을 세워주어야 할 것 같았다. 나는 삼촌의 말에 감복한 듯 가만히 고개를 끄덕여주었다.

해자가 울다 먼저 잠이 들었다. 나도 잠옷을 갈아입고 자리에 누웠다.

삼촌은 천천히 자리에서 일어났다.

"해동아 잘 자라. 삼촌 갈께."

이모가 자리에서 일어났다. 삼촌을 배웅하러 나가려는 모양이었다. 나는 자는 척하며 감았던 눈을 살며시 다시 뜨고 귀를 나팔처럼 열었다.

"몇 시에 어디로 나가면 되죠?"

이모는 고개를 숙인 채 들릴 듯 말듯 속삭이는 목소리로 물었다.

아.

그 순간 삼촌의 얼굴을 보지 말아야 하는 건데… 바보처럼 입을 벌리고 웃는 삼촌의 얼굴은 내가 본 중에서 가장 못난 남자의 얼굴이었다.

나는 이불을 머리까지 뒤집어쓰고 눈을 감아버렸다. (1991) 🐟

나폴레옹이 아닌가벼

"울 아빠는 3층 꼭대기 옥상위에서도 막 싸웠대!"

"피! 그까짓 3층? 울 아빠는 아주 아주 더 높은 데서도 싸운다 뭐."

나보다 한 살 적다고 엄마가 동생처럼 데리고 놀아야 한다고 주의만 안 했어도 벌써 주먹 떡을 한 방 먹였을 거다. 거기다 난 명규 아빠가 다니는 삼양금속에 온 손님이니까 조그만 게 까불어도 참아야만 했다. 아빠가 엄마더러 결사투쟁중인 삼양금속의 가족들에게 용기를 줄 겸 지원을 가달라고 부탁을 했기 때문에 엄마는 일요일인데도 쉬지도 못하고 안산까지 날 데리고 온 거다.

"거기가 어딘데?"

난 분명 명규가 뻥으로 하는 소리라고 생각하고 그냥 물어보았다.

"저기 저 동그란 통 보이지? 저 급수탑 밑에 울 아빠가 있다!"

나는 명규가 손가락으로 가리키는 곳을 올려다보았다. 눈이 부셔서 이마에 손을 대고 보아야만 했다. 아주 아주 먼 까마득한 하늘 끝에 커다란 풍선처럼 떠있는 둥그런 취수탑이 보였다. 그리고 그 밑에 사람들의 머리가 어른어른 움직이는 게 보였다. 하얀 깃발도 보이고 플래카드도 보였다.

'결사투쟁! 사생결단!'

저 꼭대기에서 우리를 내려다보면 우리가 개미처럼 작아 보일 거다.

"그러니까 회사는 자기대로 딱 계산을 맞춘 거예요. 너희가 정 8시간제를 실시하라면 그렇게 해주겠다. 대신 3교대하던 조 하나를 없애 8시간 일하게 해줄 거다. 그리고 잔업은 하루 한 시간 달아주고 일당은 14%밖에 못 올려준다 이거예요."

엄마는 명규 엄마의 이야기에 귀를 기울였다. 명규 엄마는 한 손바닥을 다른 손바닥에 대고 탁탁 두드리며 이야기에 열중했다.

"우리 명규 아빠가 언젠가 60만 원을 타온 적이 있어요. 잔업을 백 시간도 더 넘게 하고 일요일도 없이 특근을 하고 야근도 하니까 최고 그 정도 나오데요. 근데 세상에 이번에는 월급이 오히려 10만 원이나 줄게 생겼지 뭐예요? 잔업 특근 안 하고도 월급을 똑같이 주어야 그게 진짜 8시간제 아녜요? 물가는 얼마나 뛰었는데 월급이 더 적어진다는 게 말이나 돼요?"

눈물을 글썽이는 명규 엄마에게 엄마가 손수건을 건네주었다.

"우리 사장은 월급 받는 사장이래요. 진짜 주인은 대한재벌이구요. 재벌쯤 되니까 천 명씩 전경을 풀어서 두들겨 패고 잡아가두고 그럴 수 있는 거지 안 그래요? 대한재벌에 있는 회사치고 노조가 있는 데가 없고 있어봤자 다 어용인걸요. 목적이 뻔해요. 고분고분하게 시키는 대로 하라는 수작이죠. 사람 취급을 안 해요. 오죽 천불이 났으면 이 뜨거운 삼복더위에 저 꼭대기까지 올라가서 저러고 있겠어요?"

명규 엄마의 목소리는 차차 울먹이는 소리로 변해갔다. 엄마는 아스라이 먼 취수탑을 올려다보며 한숨을 쉬었다.

"세상에 저런 데서 어떻게… 드러누울 자리도 없이 허공중에 떠 있는 거나 한가질 텐데… 제대로 잠이나 잘런가. 참 먹는 거는 어떻게 하고 있나요?"

"말도 마세요. 먹는 게 다 뭐예요? 인간 백정 놈들이 어떻게 했는 줄 아세요? 밑에서 고추를 태우지 않나. 석유를 태우지 않나. 고춧가루 고문이 따로 없고 물고문이 바로 그거 아니겠어요? 사다리 난간에 겨우 매달려서 장대비가 쏟아져도 고스란히 맞을 수밖에 없는 그런 좁은 데라구요. 세상에 그런 데다가 그런 고문을 해댔으니… 저기 올라간 양반들은 다 골병들었을 거예요. 그렇다고 힘들게 고생했는데 아무 해결도 못보고 그냥 내려오랄 수도 없고… 두고 볼 수도 없고… 미치겠어요."

엄마가 눈물을 훔치는 걸 보자 덩달아 나도 눈물이 나왔다. 안 울려고 하늘을 올려다보며 눈을 자꾸 깜박거리며 참고 있었다. 명색이 남자인 내가 울어서야 되나.

수 차례의 면회요청에도 불구하고 끝내 회사는 가족을 들여보내주지 않았다. 할 수 없이 가족들은 회사 담밖에 난 길가로 나와 취수탑을 올려다보며 입 나팔을 만들어 고함을 질러댔다.

“여보. 명규 아빠! 아픈 데는 없어요?”

“얘 아범아! 밥은 먹냐?”

“아빠…….”

갈아입을 옷이 든 가방을 흔들어 보이기도 하고 마른 반찬과 물통을 흔들며 애가 타게 불러댔지만 허사였다. 위에서도 뭐라고 하는 것 같은데 잘 들리지 않았다. 갑자기 공장 전체에 요란한 사이렌 소리가 길게 울려 퍼졌다. 애절한 목소리마저도 나누지 못하게 방해하려는 회사의 악랄한 수작이었다.

“아무리 그래도 면회시켜 줄 때까지 우린 못 간다!”

화가 난 가족들은 회사 철조망 밖에 돗자리를 펴고 앉아서 버티기로 했다.

그때였다.

“쉬이익”하는 소리가 나는 것과 동시에 “아이쿠”하는 비명소리가 들렸다.

할머니가 쓰러지고 그를 붙잡는 할아버지도 쓰러졌다.

소화전의 호스에서 비수처럼 날카로운 물줄기가 가족들을 향해 물세례를 퍼부었다.

“엄마…….”

아줌마들과 어린아이들이 한데 뒤엉켜 비명을 질러댔다. 나는 물방망이에 밀려 엄마와 함께 땅바닥에 넘어졌다. 엄마를 꽉 잡았지만 하도 물 방망이가 세서 엄마를 놓칠 것만 같았다. 나는 엄마를 불러대며 울었다.

순식간에 면회 온 가족 모두가 물에 빠진 새앙쥐가 되어버렸다. 그뿐인가. 홍수가 휩쓸고 지나간 자리처럼 삽시간에 주위가 어지럽게 변해버렸다. 돗자리는 흠뻑 젖고 가지고온 반찬통이랑 물통 그리고 옷을 담은 종이가방들이 물에 젖고 발길에 밟혀 찢겨진 채 여기저기 나뒹굴었다.

"야 이놈들아. 너희들도 사람이냐?"

할머니와 할아버지 그리고 아줌마들이 정문으로 몰려갔다. 전경들이 앞을 막아섰다. 온 몸이 물에 젖은 가족들은 전경들에게 몸을 던지면서 고함을 질렀다.

"비켜! 너 죽고 나 죽자 이놈들아!"

"나와! 사장 놈 나와!"

"니들은 애비 에미도 없고 처자식도 없냐?"

울음바다가 된 가족들은 몸부림을 쳤다. 땅을 치며 우는 할머니를 눈물바람으로 일으켜 세우며 엄마도 흑흑 흐느꼈다. 난 엄마의 치마를 꼭 잡고서 입술을 깨물고 이 모든 광경을 지켜보았다. 울지 않으려 애를 쓸수록 눈물이 자꾸만 났다. 아빠한테 가서 다 이를 거다. 삼촌한테도 다 이를 거다. 난 주먹을 꼭 움켜쥐었다.

"죄송합니다. 하지만 회사에서 고의로 그런 건 절대 아닙니다. 아랫사람이 모르고 실수해서 소화전을 틀어놓은 모양인데 앞으로 주의를 주겠습니다."

1시간이나 지나서야 부장이란 자가 나와 이렇게 변명 아닌 거짓말을 늘어놓았다.

"우리 이럴 게 아니라 농성장으로 가서 대책을 논의합시다."

신민당사에서는 조합원 아저씨들이 취수탑에 올라간 간부들을 기다리며 농성 중이었다. 머리띠를 두르고 둘러앉아서 회의를 하던 조합원 아저씨들은 물에 흠뻑 젖은 우리를 보자 깜짝 놀라 뛰어나왔다. 농성장은 한동안 분노와 억울함으로 치를 떨었다.

옷을 말리며 기다리고 있는데 목에 빨간 수건을 두르고 안경을 쓴 조합원 아저씨가 명규와 내 옆으로 다가왔다. 아저씨는 우리를 양팔로 안고 번갈아 쳐다보았다.

"명규하고 해동이는 아주 용감한 애들이다. 그치?"

평소에 잘 아는 모양인지 명규는 금방 아저씨의 목에 맨 손수건을 매만지며 웃었다.

"아저씨 재미있는 애기해줘?"

그러면서 나를 쳐다보며 으스댔다.

"이 아저씨 정말 웃긴다."

아저씨가 명규의 볼을 살짝 두드렸다. 그러면서 나를 향해 웃었다.

"아저씨가 재미있는 이야기 하나 해주지."

나는 아저씨를 똑바로 쳐다보았다.

"옛날에 말야. 나폴레옹이 병사를 데리고 고생고생하며 알프스 산을 넘고 있었대. 어느 날 한 산봉우리에 도착해서 산 아래를 내려다보더니 나폴레옹이 뭐라고 중얼거렸대. 그 말을 들은 병사들 반이 그 자리에 다 쓰러져버린 거야. 나폴레옹이 뭐라고 했게?"

"여기가 아닌가벼!"

명규가 툭 튀어나와 아는 체를 했다. 내가 빙긋이 웃자 아저씨는 계속했다.

"남은 반수의 병사를 데리고 어느 날 또 산을 넘고 있는데 이번에도 나폴레옹이 산봉우리에 올라가 아래를 내려다보며 뭐라고 하니까 이번에도 남은 병사의 반수가 쓰러져버린 거라. 나폴레옹이 뭐라고 했게?"

"아까 거기가 맞는가벼!"

"우하하하…."

어느새 옆자리에 모여든 아저씨들과 엄마들까지 배꼽을 잡고 웃었다.

"그때 병사들 중에 제일 나이 어린 졸병이 일어나더니 뭐라고 한마디 했더니 쓰러졌던 병사들이 다 일어나서 나폴레옹을 마구 때려 쓰러뜨리고 말았대. 그 졸병이 뭐라고 했길래 그랬을까?"

모두 아저씨를 쳐다보았다. 아저씨는 의미심장하게 웃으며 태연한 척 눈을 감았다. 아무도 대답하는 사람이 없었다. 아저씨는 슬그머니 눈을 뜨면서 말했다.

"나폴레옹이 아닌가벼!"

난 아저씨가 애써 웃기려고 꾸민 이야기라는 걸 안다. 하지만 하필 왜 나폴레옹 이야기를 꺼냈는지 알 수가 없었다.

"아저씨. 그게 무슨 뜻이예요?"

"뜻? 아쭈 조그만 게 별거 다 아네. 그냥 웃기려고 한 말인 것 같지만 사실은 뜻이 있어. 이제부터 잘 들어야 돼……."

아저씨는 아까까지와는 반대로 진지한 표정으로 둘을 번갈아 바라보았다.

독재자가 하는 거짓말에 몇 번은 국민이 속아 넘어갈지 몰라도 결국은 그 거짓말 땜에 독재자는 쓰러지고야 만다는 것이었다. 회사도 마찬가지였다. 언제나 노동자들을 속이지만 한두 번 속임수에는 넘어갈지 모르지만 언젠가는 그것 때문에 쓰러질 날이 올 거라고 했다.

나폴레옹이 아닌가벼.

이 말은 바로 나폴레옹이 쓰러진다는 의미였구나.

나는 눈물이 어린 눈으로 엄마 품에 잠들었다. 전철에서 잠이 든 나를 업고 엄마가 집까지 왔나 보다. 난 꿈속에서 수없이 ?기고 도망가는 꿈을 꾸다가 놀라 깨기도 했다.

"해동이가 낮에 너무 놀랐나 봐요. 이 식은 땀 좀 봐."

엄마는 해동의 땀을 수건으로 닦아주었다.

"애가 왜 자꾸 잠꼬대를 하지? 나폴레옹이 뭐야? 당신 무슨 말인지 알아?"

"네. 그런 게 있어요."

엄마와 아빠가 말하는 소리가 어렴풋이 들려왔다. 나는 비로소 내가 집에 왔다는 걸 알았다. 난 삼양금속 아저씨들을 결코 잊지 못할 것이다.

그리고 취수탑과 나폴레옹도……. (1991)

괜찮아유

“해동아! 이모하고 삼촌 말 잘 듣고, 혼자 돌아다니면 안 돼!”

이렇게 말하는 엄마지만 속으로는 나보다 이모가 더 걱정될 거다. 이모와 삼촌을 단둘이 해수욕장에 보내는 게 미덥지가 못해서다.

“내년엔 아빠가 꼭 바다에 데려가줄께…….”

괜히 미안해서 내 머리통을 쓰다듬어주는 아빠의 속마음도 나는 안다. 아빠가 내년 내년하며 여름휴가를 약속한 게 어디 한두 해였나?

“괜찮아유.”

“그런 말 쓰지 말라니까!”

엄마가 눈을 흘겼다.

올해도 아빠가 약속한 우리 가족의 물놀이는 물거품이 되었다. 머칠동안 나는 골이 나서 괜히 해자를 들볶아댔다.

보다 못해 진성이 삼촌이 이모하고 같이 가려던 데이트 계획에 날 끼워주게 되었다.

단둘만의 달콤한 바캉스에 찬밥 신세로 끼워준다는 게 처량하긴 했지만 바다에 가고 싶은 마음에 비하면 그 정도의 모욕은 참을 수가 있었다.

경인선 전철에는 이른 아침부터 놀러가는 사람들로 발 디딜 틈이 없었다. 강력 에어컨도 소용이 없어 차안은 사우나같이 푹푹 쪘다.

전철에서 내려 버스를 타고 월미도 부두로 갔다.

부두에도 놀러가는 사람들의 행렬이 끝이 보이지 않게 길게 늘어서 있었다.

을왕리 해수욕장으로 직접 가는 배표는 새벽부터 줄을 서야했기 때문에 구할 수가 없었다. 삼촌과 이모는 한참이나 의논한 끝에 영종도로 목적지를 바꾸었다.

영종도는 인천에서 가까운 섬이었다. 나는 한번도 바다위에 떠있는 육지를 본 일이 없었다. 가슴이 두근두근 거렸다. 1시간이나 넘게 기다린 끝에 드디어 기다리던 배에 올랐다.

하지만 이 배는 철로 만들어진 아주 큰 배였다.

발을 헛디뎌서 빠지지나 않을까 조심조심 나는 배에 올랐다. 바다가 출렁거리는 걸 처음 본 나는 신기하기만 했다. 하지만 정작 배 안으로 들어가 보니 밖이 통 보이지 않았다.

2,3백 명은 될 것 같은 사람들이 꾸역꾸역 계속 배에 올라탔다. 사람이 너무 많이 타서 배가 무거워 가라앉으면 어쩌나 마음이 조마조

마했다. 거기다 승용차와 트럭까지 십여 대가 배에 올라왔다.

이렇게 많은 사람과 자동차를 싣고 과연 배가 뜰 수 있을까. 하지만 뜨는 건 물론 배는 미끄러질 듯이 바다 위를 달렸다.

나는 스크류에 말려드는 물거품을 내려다보며 탄성을 질렀다.

"와… 저 거품 좀 봐!"

엄마가 빨래할 때 풀어놓은 하이타이 거품처럼 배는 물거품 소리를 요란하게 내며 바다 위를 달려 앞으로 앞으로 나아갔다.

"어머… 세상에 저런 얌체족들 좀 봐!"

이모가 손가락질을 하며 눈살을 찌푸렸다.

승용차들은 에어컨을 틀기위해 시동을 켜놓았다. 이 때문에 차 뒤 꽁무니 연통으로 뜨거운 열기와 더러운 매연가스를 연신 토해내고 있었다. 차 안에 앉아서 킬킬대는 얌체족들은 차 옆에서 배낭을 짊어지고 땀을 뻘뻘 흘리는 사람들을 흘끔거리며 아랑곳하지 않았다.

"어린애들 보기가 부끄럽지도 않나봐!"

배를 타는 시간은 기껏해야 30분 정도였는데 그 사이를 못 참아 차안에서 에어컨을 켜놓고 차 옆에 빽빽히 들어찬 승객들에게 매연을 마구 뿜어대는 것이었다. 사람들은 코를 막고 혹은 입을 막고서 눈살을 찌푸렸다.

그런 가운데도 배는 부지런히 달려 잠깐 사이에 영종도에 닿았다.

이번에는 버스가 터질듯이 사람들을 태우고 있었다. 발 디딜 틈이 없이 승객들은 계속 버스에 올랐다. 땀에 흠뻑 젖은 채 이리저리 비포장도로를 흔들리며 가는 동안 나는 가슴이 터질 것만 같았다. 어른들이야 차창으로 들어오는 바람이라도 쐬겠지만 키가 작은 나는 어른들의 땀 냄새 틈에서 흔들리다보니 머리는 뜨겁고 온몸이 흐물흐물해져서 서 있을 수가 없었다.

삼촌이 나를 덥석 안아 올리더니 무등을 태워주었다. 아까보다는 바람도 쐬서 그런지 더운 것은 없었다. 대신 버스가 흔들릴 때마다 버스 천정이 닿을까봐 난 삼촌의 어깨를 으스러져라 꽉 움켜쥐어야만 했다. 창밖의 풍경에 눈을 돌릴 여유도 없이 천정만 쳐다보다 어느새 종점에 닿았다.

버스에서 내리자 시원한 바다가 눈앞에 펼쳐졌다. 그림이나 텔레비전에 나오는 바다와 꼭 같았다. 어느새 나는 지옥 같은 버스를 잊어버린 채 바다로 달려갔다.

울긋불긋한 비치파라솔과 텐트들이 모래 사장위에서 춤을 추고 있었다. 푹푹 빠지는 모래를 헤치며 나는 바닷가로 달려갔다.

이모와 삼촌은 배낭을 짊어진 채 텐트 칠 빈 자리를 찾느라고 여기저기를 기웃거렸다.

비치파라솔 옆에 빈 공터를 발견한 삼촌은 배낭을 내려놓고 나를 불렀다.

"해동아… 여기다. 이리와."

삼촌과 이모 그리고 나는 부지런히 배낭 속을 뒤져 텐트를 꺼냈다. 그런데 갑자기 가슴이 떡 벌어진 아저씨가 다가왔다. 눈가가 위로 째져서 올라간 험상궂은 얼굴의 아저씨였다.

"여기다 텐트 치면 안돼요!"

음료수 가게 주인 아저씨였다.

"오늘 저녁에 돌아갈 건데요."

"그래도 여긴 안돼요! 딴 데로 가슈!"

"아니 댁이 이 모래사장 주인이슈?"

삼촌이 고개를 뻣뻣이 들고 아저씨를 향해 소리를 쳤다.

분위기가 험악해지자 이모가 중간에 끼어들었다.

이모의 중재로 두 사람은 위기를 모면했다. 하지만 아무래도 모래사장은 안 될 거 같았다. 장사꾼들이 독점한 모래사장에는 험상궂은 남자들이 어슬렁거리며 배낭 맨 사람들이 모래사장에 얼씬거리지도 못하게 막고 다녔다. 잘못하다가는 큰 싸움이 벌어질 거 같았다.

야영장은 바닷가로부터 좀 떨어진 언덕에 있었다.

"배안에서는 자가용 탄 얌체들이 열을 받게 하더니 모래사장 오니까 돈독 오른 것들이 판을 치니… 에이! 어딜 가나 저런 것들 꼴 보기 싫어서……."

삼촌은 이모가 옆에 있는 것도 잊고 혼자 투덜거리며 씩씩거렸다. 언덕을 올라 야영장에 도착하자 가방에서 준비해온 텐트를 꺼냈다.

"실례합니다."

정복을 입은 경찰 두 명이 삼촌에게 거수경례를 부치며 다가왔다. 나는 겁이 더럭 나서 삼촌의 뒤로 숨었다.

"신분증 좀 봅시다."

삼촌은 주민등록증을 내밀었다. 흘낏 들여다보던 경찰이 삼촌의 아래위를 훑어보며 물었다.

"대학생입니까?"

삼촌의 얼굴이 묘하게 일그러졌다. 대학 못간 것도 서러운데 누구 약을 올리냐는 표정이었다.

"아닙니다. 노동잡니다. 아세아자동차……."

"미안하지만 잠깐 같이 가 주시겠습니까? 요즘 시국사건 수배자도 있고 유원지라 강력사건 단속도 있고 해서……."

"와… 이거 미치겠네."

삼촌은 아랫입술을 깨물더니 고개를 흔들었다. 화를 참을 때 삼촌이 짓는 표정이란 걸 나는 안다. 난 삼촌의 바짓가랑이를 꼭 잡고 가만히 흔들었다.

"그래 해동이 너를 봐서 참으마."

삼촌이 한손으로 내 머리를 쓰다듬으며 또 한 손으로 내손을 꼭 잡았다.

"우리도 같이 가요."

이모는 당돌하게 한마디를 내쏘듯 뱉고는 나의 다른 한 손을 꼭 잡았다.

나는 양손을 이모와 삼촌에게 잡힌 채 해안경비초소 안으로 들어갔다. 초소 안에는 사람들이 많았다. 경찰과 승강이하는 고함소리가 여기저기서 들렸다. 잠깐이면 된다던 조사는 1시간이나 지나서야 끝났다. 초소를 나오는데 경찰 아저씨가 말했다.

"꼬마야. 재미있게 놀다가라."

경찰은 미안한지 괜히 나를 향해 손을 흔들며 웃었다.

'괜찮아유.'

코미디안 흉내를 내려던 내 입술이 나도 모르게 일그러지고 말았다.

아침에 나올 때 아빠한테 이 말을 흉내 낼 때만 해도 나는 이 말이 무슨 뜻인지도 모르고 그냥 웃기려는 말로 써먹을 뿐이었다. 하지만 난 그 순간 '괜찮아유'라는 말이 괜찮지 않다는 뜻이란 걸 비로소 깨달았던 것이다.

집에 돌아가면 아빠한테 사과를 해야겠다는 생각이 들었다.

이번엔 진짜로 정말이지 아빠가 물놀이를 데려가지 못한 게 괜찮다는 생각이 들었기 때문이다. (1991)

호루라기

울 아빠와 엄마는 2주일 동안이나 냉전중이다. 아빠가 올 가을에 있을 위원장선거에 후보자로 뽑혔기 때문이다. 위원장이 되면 얼마 못가 구속될 테니 이혼도장을 찍을망정 위원장선거에 나가게 할 수는 없다며 엄마는 펄쩍 뛰었다.

이 사건 후로 엄마 아빠는 2주일 동안 한마디도 서로 말을 안했다.

"해동아 아빠 나와서 씻으시라고 해."

"해동아 엄마더러 아빠 양말 달라고 해."

이렇게 엄마 아빠의 중간에 끼어 심부름이나 하는 내 심정도 좋을 리가 없었다.

냉전이 시작된 지 세 번째 일요일이 돌아왔다. 보통 때 일요일 같으면 으레 아빠가 나를 불러 백 원짜리 동전 몇 개를 쥐어주며 귀에 대고 속삭이는 말이 있었다.

"해자 데리고 나가서 놀다 와. 오래오래 놀다 와도 야단치지 않을 께. 그리고 집에 들어올 땐 대문 앞에 와서 호루라기 부는 거 잊어버 리면 안 된다. 꼭 대문 앞에서 불어야 돼!"

올봄이었다. 어느 날 밖에서 놀다가 집에 일찍 들어온 적이 있었 다. 돈도 다 까먹고 노는 것도 재미가 없어서 텔레비전이나 보려고 무심코 방문을 열었는데 엄마 아빠 둘이 껴안고 누워 있다가 나를 보더니 놀라 벌떡 일어났다.

그날 아빠는 날 데리고 문방구에 가서 호루라기를 사주면서 신신 당부했다. 나가서 놀다 들어올 때는 반드시 대문 앞에서 호루라기를 불어야한다고 몇 번이나 당부를 하는 것이었다.

난 처음에 왜 아빠가 호루라기를 사주었는지 잘 몰랐다.

놀이방 선생님한테 물어보았더니 선생님은 처녀라서 그런지 얼굴 이 빨개지기만 하고 대답을 잘 해주지 않았다.

"그건 말야… 그건 말야……."

선생님이 말을 더듬는 걸 보고 나는 뭔가 말 못할 이유가 있다는 걸 눈치 챘다. 내년이면 초등학교에 입학할 나이가 되었으니 나도 척하면 세상 이치를 깨달을 때가 되었는지도 모른다.

"이제 알았다."

천재는 하나를 가르쳐주면 열을 안다고 하지만 나는 천재보다도 머리가 더 좋은 모양이다. 선생님이 가르쳐주지 않았는데도 이심전 심으로 깨달았으니 말이다.

그런데 일요일이 두 번 지났지만 호루라기는 할 일 없이 내 목에 걸려있기만 했다. 나는 호루라기를 만지작거리며 엄마 아빠를 번갈아 쳐다보았지만 두 사람은 못 본 체 돌아앉아 말이 없었다.

젠장. 날은 덥지 텔레비전은 재미없지, 엄마 아빠는 벙어리가 되어 말이 없지, 정말 숨이 막혀 미칠 거 같았다.

나는 아빠 눈치만 보다가 이번에는 호루라기를 입에 대고 슬쩍 불어 보았다. 혹시 호루라기 소리를 들으면 엄마 아빠가 달라지지나 않을까. 난 기도하는 심정으로 가만히 호루라기를 불어보았다.

호르르르….

그때였다.

"여보 할 얘기가 있어요……."

보름 만에 엄마의 입에서 여보라는 말을 들은 아빠의 입이 딱하고 벌어졌다.

"어… 그래? …뭐… 뭔데…?"

하늘도 내 효심에 감복한 걸까?

명색이 이 집안의 장남인 내가 집안의 큰일에 무관심할 수 있나. 나는 텔레비전을 보는 척 하면서 엄마 아빠의 말에 귀를 세우며 바짝 긴장을 했다.

"여보… 사실 지난달에 2백만 원짜리 계를 탔어요. 당신한테는 말 안했지만 곗돈 타면 땅 사서 시골로 이사 가려고 했어요. 당신이 여기 사는 한은 노조 일을 그만둘 수 없을 거구, 당신을 그만두게 하려면 여길 떠나는 수밖에 없다고 생각했어요. 그래서 농사지을 땅을 사려고 했는데… 근데… 그게."

순간 아빠의 눈썹이 사납게 꿈틀거렸다.

"내가 계를 든 게 2년 전인데 그때만 해도 2백만 원이면 적어도 우리 식구 먹을 채소를 심을 정도의 밭은 살 수 있었는데… 세상에 며칠 전에 고향에 알아봤더니 고향 뒷산 너머에 골프장이 들어선다나 그래갖고 땅값이 엄청나게 올랐다는 거예요. 한 평에 5,6천 원 하던 밭이 10만 원 20만 원 하니… 그나마 더 오를 거 같다고 팔려고 내놓은 땅도 없대요.”

아빠는 담배만 뻐끔뻐끔 피워댔다.

“이젠 달리 갈 곳도 없고… 송충이는 솔잎을 먹고 살아야한다더니 노동자는 죽으나 사나 일을 할 수밖에 없구나 생각하니… 세상이 이렇게 벽처럼 느껴지긴 처음이예요.”

아빠는 엄마를 바라보았다.

“내 소원이야 당신이 잡혀가지 않는 거지만 세상이 잘못 되어도 한참 잘못된 걸 보니까… 당신이 하는 일을 말리면 안 될 것도 같고… 나도 인제 모르겠어요.”

엄마의 마지막 말은 흐느끼는 울음소리에 잠겨 잘 들리지가 않았다.

“여보… 미안해. 난 단지 당신이 내 뜻을 알아주었으면 하는 것뿐이야. 당신이 그렇게까지 심각하게 고민하는 줄은 미처 몰랐어……..”

아빠의 목소리는 낮으면서도 부드러웠다.

“당신 말고 딴 사람이 위원장 되었으면 하는 게 내 소원이긴 하지만… 정 당신이 해야 된다면… 이것도 내 팔잔가 몰라……..”

“여보……..”

아빠는 엄마에게 다가가 흐느끼는 엄마의 두 어깨에 손을 얹었다.

엄마가 아빠의 가슴에 머리를 묻었다. 아빠는 엄마를 안아주다 말고 멈칫거리며 나를 바라보았다.

"해동아……."

아빠가 주머니를 뒤적거렸다. 나는 자리에서 얼른 일어났다.

"아빠 됐어요. 해자 데리고 놀이터 가서 놀다 올께요. 오래오래 놀다 와도 되죠?"

아빠가 웃으며 고개를 끄덕였다. 나는 인형놀이를 하던 해자의 손목을 잡아끌고 단숨에 방문을 나섰다.

"집에 올 때 대문 밖에서 호루라기 불께요."

오늘따라 하늘이 파랗고 아주 높아보였다.

벌써 가을인가보다. (1991)

부시와 부시맨

"와… 이거 머리에 스팀 들어오네."

나 부시맨은 팬티만 입은 채 두 주먹을 불끈 쥐고 강시를 노려보고 있었다. 바야흐로 부시맨과 강시와의 마지막 한판 승부가 벌어지려던 참이었다. 그런데 강시로 분장한 해자는 엄마의 블라우스를 입고서 늘어진 소매 자락을 귀신처럼 흔들흔들 흔들면서 아장아장 걸어오는 게 아닌가.

"몇 번이나 말해줘야 알겠냐? 강시는 팔을 구부리지 않는다구! 이렇게 쭉 뻗구 콩콩 뛰어다니는 거라구… 어이구 이 바보야!"

나는 강시처럼 팔을 쭉 뻗고 스카이 콩콩을 탄 것처럼 콩콩 뛰는 흉내를 내보였다. 내가 으르렁대며 큰 소리로 화를 내자 울보인 해자는 엄마 블라우스를 벗어던지고는 앙하고 울음을 터뜨렸다.

"나 강시 안할 테니까 오빠 혼자 부시도 하고 강시도 해!"

“어쭈… 이게 정말… 너 애교가? 반항이가?”

해동이는 해자의 코앞에 주먹을 흔들어대며 눈썹을 꿈틀거렸다.

“아니 내 블라우스가… 이런!”

부엌에서 들어오시던 엄마는 이불 위에 팽개친 블라우스를 보더니 나를 노려보았다.

“잘 준비하랬더니, 이게 뭐냐? 해동이 너 매 좀 맞아야겠다.”

엄마는 꾸겨진 블라우스를 벽에 걸면서 험악하게 말했다.

“해동아…….”

때마침 구세주처럼 아빠가 들어오셨다.

“와. 아빠다!”

나는 한달음에 아빠의 팔에 안겼다. 아빠가 들어온 것이 반갑기도 했지만 무엇보다 엄마의 매로부터 구출되었다는 것이 더 기뻤다.

“오늘은 웬일이냐. 우리 해동이가 아빠한테 뽀뽀를 다 해주구…….”

아빠는 밥을 먹으면서 텔레비전을 켰다.

언젠가 아빠는 어릴 때부터 세상 돌아가는 걸 알아야 된다고 하시며 나에게 뉴스 보는 것을 허락해 주었다.

엄마는 아빠의 밥상 옆에 앉아 반찬타령을 했다. 물가가 하도 올라서 상에 올려놓을 반찬이 없다는 둥 혼잣말하듯 중얼거리다가 텔레비전으로 눈을 돌렸다.

“제 나라 물가 잡을 궁리는 안 하고 맨날 남의 나라 얘기야?”

마침 텔레비전 화면에는 허리가 잘린 레닌 동상이 헬기에 매달려 구름 사이로 사라지는 것이 보였다. 나는 이불 속에 누워 있다가 상

반신을 일으키며 고개를 갸웃했다.

"아빠 저 동상이 누구야? 나쁜 사람야? 좋은 사람야?"

내 물음에는 대답도 하지 않고 아빠는 화면만 뚫어지게 바라보았다.

"당신 회사에서 무슨 일 있었어요?"

밥은 뜨는 둥 마는 둥 텔레비전만 쏘아보는 아빠가 걱정되는지 엄마가 조심스럽게 물었다.

"어. 좀 골치 아픈 일이 있어."

아빠는 물에 말은 밥을 급히 떠먹고는 오이지 한쪽을 씹었다.

"그러다 당신 위장병 걸리겠어요. 밥 먹을 때는 걱정거리나 화나는 일은 잊어버려야 되는데……."

"요즘 같은 세상에 위장병 안 걸리면 그게 비정상이지."

아빠는 그러면서 또 텔레비전을 뚫어지게 쳐다보았다.

"저런 거 보면 더 열이 난다구. 남 이야기가 아니라니까. 회사 돌아가는 게 완전 개판이야. 무법 천지라구. 그나마 옛날에 지켜지던 단협까지 지 맘대로고. 소련인가 동구권인가 때문에 죽어나는 건 우리들 노동자라구. 사회주의 국가가 방귀만 뀌어도 여기선 똥오줌을 분간 못할 정도로 난리니……."

아빠는 밥을 먹으랴 말을 하랴 눈은 텔레비전에 고정시킨 채 정신이 없었다.

"회사가 어떤데요?"

"말도 마. 회사에서 생산 1부를 재편성한대나. 세 과를 통폐합해서 두 과로 재편성 한다는 거야. 사실 생산 1부에만 노조간부가 5명 있는데 그중에서 4명이 구속 중이거든. 강제 사직당한 사람까지 치면 6명이나 인원이 비었는데도 사람은 안 뽑고 도리어 생산비 절감한 대나 뭐래나. 자동기계 한두 대 들여놓고선 생산 자동화 시스템이 어쩌구 떠들데. 그 놈들 속셈을 누가 모를 줄 알고? 뒷구멍으로 일감은 다 하청회사로 빼돌려놓고 이 기회에 말 많은 놈들은 제거하겠다는 뻔한 수작이지. 몇 명 구슬려갖고는 안되겠으니까 칼을 댄거야. 실업자 안 되려면 고분고분해 져라. 아니면 모가지다. 이거지.”

“지금까지 가만있다가 갑자기 왜 그런대요?”

“그야 뻔하지. 민노추 의장인 내가 위원장 출마하니까……·”

입맛이 없는지 아빠는 물에 말아 먹는 둥 마는 둥 물만 후루룩 마셔댔다.

“원칙적으로 이런 문제는 회사가 노조하고 협의를 해야 되는데 지들 맘대로 선수치고 나오는 거라. 당연히 노조가 싸워야지. 노조가 이럴려구 있는 거 아냐?… 그래서 오늘 대의원들을 급히 소집했거든.”

“그래서 어떻게 하기로 했는데요?”

엄마가 바짝 상 앞으로 다가 앉았다.

“싸워야하는 거 아니냐고 내가 먼저 말했지. 근데 다들 꿀 먹은 벙어리처럼 가만히 있는 거라. 이상하다 싶어 한참 기다리고 있는데 한 친구가 슬그머니 일어서더니 한참 소련 사태가 어쩌구 하면서 들먹이는 거라. 무슨 말을 하려는가 싶어 가만 듣고 있었지. 하기야 서론이 긴 말치고 좋은 결론은 없다고, 딱 내 예상이 맞아 떨어지더라구. 싸우는 건 좋지만 좀더 사태를 관망하면서 신중하게 대처하자고 나오는 거야. 환장하겠데. 우리가 소련 보고 노조 일을 한 것도 아닌데 말야. 그래서 내가 막 화를 냈어. 소련을 핑계로 삼는 거야말로 회사에 이용당하는 거라구. 우리의 목줄이 회사 손에서 맘대로 놀아나는데도 가만히 있는 게 소련식이냐? 진짜 소련 국민들에게서 배울 점이 있다면 잘못된 건 목에 칼이 들어와도 뒤집어놓는 게 페레스트로이카라 이 거지. 물가가 다락같이 올라서 김치를 못 먹게 되면 들고 일어나서 김치를 먹게 하는 게 바로 페레스트로이카가 아니냐고 막 화를 냈어. 소련 사태를 들먹이며 노동자를 탄압하는 핑계를 대는 회사 놈들 꼴 보는 것도 열이 나 죽겠는데 한술 더 떠서 우리까지 말려드는 걸 보니 진짜 못 참겠더라구.”

아빠는 누군가를 향해 분노를 터뜨리듯이 숟가락을 허공에 대고 마구 흔들고 있었다.

“엄마 아빠! 부시 나왔다! 어?…….”

나는 소리를 지르다말고 고개를 갸웃했다.

“저건 부시맨이 아니라 미국 대통령 부시야.”

엄마가 나를 쳐다보며 웃었다.

그때였다. 아빠가 숟가락을 딱하고 던지더니 텔레비전을 탁 꺼버렸다.

“저놈만 보면 밥맛이 없어. 지가 무슨 로마황젠가? 지구 전체가 자기 제국인줄 아나보지… 어유 열 받쳐! 잠이나 자자!”

엄마가 상을 들고 부엌으로 나가자 아빠는 방바닥에 벌렁 누웠다. 해동이는 아빠에게 가만히 다가갔다.

“아빠 하나 물어봐도 돼?”

아빠는 조금 아까까지의 화를 삭이려는 듯이 깊은 숨을 들이켰다.

"응 그래. 물어봐."

나는 조심조심 아빠의 표정을 살폈다. 겨우 진정한 아빠의 화를 내가 괜히 긁어 부스럼 내는 건 아닌가 걱정스러웠다.

"저… 아빠."

아빠의 표정은 아까보다 훨씬 부드러워져 있었다. 부엌에서 들어오시던 엄마는 손을 씻으며 내 얼굴을 바라보았다. 엄마도 혹시나 내가 또 아빠의 화를 돋구는 게 아닌가 싶어 걱정하는 표정이 역력했다. 엄마도 아빠의 옆에 나란히 앉았다.

"아빠. 저 부시맨하고 부시하고 싸우면 누가 이겨?"

"뭐라구?"

아빠는 잠깐 내 얼굴을 바라보더니 갑자기 큰소리로 웃기 시작했다.

"으하하하하…."

엄마도 갑자기 웃음을 터뜨렸다.

"호호호호…."

나는 아빠 엄마가 갑자기 웃는 이유를 몰라 멍하니 두 사람을 바라보기만 했다.

"쟤가 부시맨하고 강시 싸우는 흉내를 내더니 완전 부시맨 팬이 다 됐네."

엄마가 아빠한테 아까 내가 해자하고 하던 놀이를 고자질하고 말았다. 나는 아빠가 꾸중할까봐 마음이 조마조마했다. 하지만 아빠는 역시 그런 정도의 고자질에 넘어갈 남자가 아니었다.

"그랬어?"

아빠가 자리에서 일어나더니 나를 안아 무릎에 앉히셨다.

"글쎄… 부시맨하고 부시하고 싸우면 누가 이길까?"

아빠는 곰곰 생각하는 듯 천정을 바라보더니 천천히 말문을 열었다.

"아빠가 생각하기엔 말야. 부시맨은 이 세상에서 가장 욕심이 없는 사람이고 부시는 이 세상에서 가장 욕심이 많은 사람이니까… 그러니까 둘이 싸우면 누가 이길지 아빠도 궁금한데… 해동이가 오늘 꿈을 잘 꾸면 꿈속에서 답이 나올지도 모르지. 그러니까 이제부터 이쁘게 자야 돼. 알았지?"

아빠가 왜 그렇게 큰 소리로 웃었는지는 모르지만 조금 아까까지 화가 나있던 아빠를 웃겼다는 게 기분이 좋았다.

나는 눈을 꼭 감았다. (1991)

피투성이 논

명절 때가 되면 우리 가족은 시골의 할아버지 댁으로 제사를 지내러 간다. 내가 시골집에 가는 걸 좋아하는 이유는 큰집의 사촌형과 누나와 함께 산이며 들판 그리고 시냇가에서 만껏 뛰어다니며 신나게 놀 수 있기 때문이다. 그리고 무엇보다 가장 중요한 또 한 가지는 시골에 가면 먹을 것이 많다는 것이었다.

하지만 이번 추석에는 달랐다. 자주 놀러가던 할아버지 옆집도 이사를 가서 텅 빈 집에 쇳덩이 같은 자물통이 달려 있었다. 대문을 열 수 없으니 주렁주렁 열린 대추를 보고도 따 먹지 못했다. 그뿐이 아니었다. 고기를 잡고 놀던 저수지에는 그 많던 물고기가 눈을 씻고 찾아도 볼 수가 없었다. 저수지 물로 골프장의 잔디에 물을 대주는데 그 저수지 물에다가 농약을 타서 주었다니 자연 저수지에 살던 고기가 다 죽어버릴 수밖에… 거기다 어릴 때 사촌형이랑 몰래 들어

갔던 과수원도 없어져서 과일을 따 먹는 재미도 없어졌다.

이제 시골동네도 예전 같지가 않았다.

대신 추석 전날 밤 온 가족이 모두 모여 마당에서 폭죽놀이를 했다. 사촌형과 누나는 무섭다고 도망을 가서 나 혼자 의기양양하게 불을 붙였다.

시골의 하늘은 유난히 까맣고 넓은데다가 친척 어른들이 다 모인 앞에서 내가 직접 붙인 불꽃이 하늘에서 꽃처럼 피어나는 걸 보니 어깨가 으쓱하고 기막히게 자랑스러웠다.

작년에는 고향에 오지 못했다. 아빠가 노조일로 수련회를 간데다가 해자가 아팠기 때문이다. 추석 다음날에야 수련회에서 돌아오신 아빠는 미안한지 나를 데리고 문방구에 가서 폭죽을 사주었다. 아빠가 시범을 보이는 대로 몇 번 해보았더니 꽝장히 신이 났다. 내가 제일 좋아하는 건 분수모양으로 퍼지는 폭죽이었는데 값이 비싸서 두 개밖에 사지 못했다.

올해는 아빠가 특별히 분수모양의 폭죽을 다섯 개 사 주셨다.

심지에 불이 붙자마자 피시식 하며 파르스름한 불씨가 탁탁 튀기 시작했다. 겉으로야 태연한 척 했지만 불씨가 타들어 가면 나도 모르게 오줌이 질금질금 나올 만큼 겁이 나고 조마조마했다. 혹시나 불발탄이 되면 어쩌나, 아니 로케트가 터지듯 펑 터지면 어쩌나 하는 갖가지 상상 때문이었다.

"퓨웅…."

폭죽탄은 공중으로 날쌔게 솟아올랐다.

"딱!"

　폭죽탄이 터지자 노랑 빨강 파랑의 불꽃들이 우산살처럼 탁 퍼지더니 분수의 물줄기처럼 아래로 떨어져 내렸다. 와 하는 함성과 박수소리가 들렸다.

　나는 눈을 감고 두 손을 모았다.

　할아버지가 곁에 와서 내 머리를 쓰다듬으며 말했다.

　"해동아 무슨 소원을 빌고 있는 거지?"

　"비밀이예요."

　그때 해자가 옆에서 끼어들었다.

　"난 알아. 오빠 소원은 울 아빠가 노조위원장에 당선되는 거래요……."

　갑자기 주위가 조용해졌다. 온 친척들이 일제히 아빠를 주시했다.

　"아니… 너 정신이 나갔냐?"

　큰아버지가 이마를 찡그리며 아빠를 쳐다보았다.

　"형님… 노조위원장 되면 가족들은 물론 사돈까지 다……."

　작은 아버지가 한마디 맞장구 치려하자 아빠가 험악한 표정으로 작은 아버지를 쏘아보았다.

　할아버지는 아무 말도 하지 않고 담배만 뻐끔뻐끔 거렸다. 꽁초가 다 타서 손가락이 타 들어갈 것만 같아 나는 조마조마했다. 그런데도 할아버지는 그걸 아는지 모르는지 멀리 새까만 들판만 바라보았다.

　"그거야 선거가 끝나봐야 아는 거구요… 혹시 제가 노조위원장이 된다고 해도 큰일 날 게 뭐가 있겠어요? 이번에 부산의 고등법원에서 판결난 걸 보면 노조위원장은 노조의 대표로서 임금이나 단체협약 시에 교섭권만 있지 체결권은 없다고 못을 박았거든요. 지금까지 민주노조위원장들은 회사와 교섭하다가 체결할지 말지를 조합원들에게 물어보고 결정했었는데 그걸 빌미로 구속되거나 해고된 위원장이 많았죠. 위원장하면 끝장난다고 꺼리던 이유도 그런 거 아닙니까? 이젠 탄압을 받을 구실이 하나 덜해진 셈이니까 그만큼 부담이 적어진 셈이죠."

"야… 그거야 어디 말이 그렇지 잡아넣을 맘만 있으면 그까짓 법이야 하루아침이래도 지들 맘대로 고칠 수 있는 거 아냐? 어쨌든 일단 그런 걸 하게 되면 골치 아픈 건 둘째고 애들하고 앞으로 살 일이 더 걱정이다."

"그거야……."

아빠가 우물쭈물하는데 마침 할머니가 나오셨다. 내일 제사가 있으니 일찍 들어가서 쉬라는 말에 노조 이야기는 거기서 끝이 났다. 모두들 갑자기 화가 난 듯이 아무 말도 없이 방으로 들어갔다.

다음날 제사와 성묘를 마치자 큰아버지 식구와 작은아버지 식구는 서둘러 먼저 떠났다. 우리 식구는 오후 늦게 출발을 했다. 할아버지와 아빠는 내 양손을 잡고 함께 논길을 걸었다.

할아버지는 혼잣말처럼 중얼거렸다.

"여게도 공장이 많이 들어섰다. 암 골프장인가 하는 것도 요 넘어 생겨서 땅값이 많이 올랐지… 그러니까 누가 농사 질라하겠냐? 너도나도 논이고 밭이고 팔아 갖고는 도회지로 나가지… 돈맛이 드니까 시골도 예전 인심이 아니다. 물하고 흙은 농약에 죽어가고 인심은 돈맛에 죽어가니… 참 이 어린것들이 걱정이다. 고향이래 봤자 돌아올 수가 있나? 와봤자 볼 게 있나 먹을 게 있나?"

아빠는 진지한 얼굴로 고개를 끄덕였다.

할아버지가 누렇게 익은 들판을 손가락으로 가리키며 말했다.

"저 논에 피가 듬성듬성 난 게 보이지? 벼가 누렇게 익어 고개를 숙이면 피가 들쑥날쑥한 게 다 보인다. 옛날 같으면 동네 어른들이 저런 피투성이 논을 보고 손가락질을 했지. 게으름뱅이 농사꾼이라고. 하지만 시방 세상이 꼭 저 피투성이 논 같어. 귀하고 소중한 낱알보다 쓸모없고 해만되는 피가 더 많으니까. 피투성이 논 같은 세상이야. 변해도 고약하게 변했어."

"할아버지 피가 어디 묻었어?"

나는 주위를 두리번거리며 물었다.

돌아오는 차안에서 아빠가 설명을 해주었다. 그러면서 아빠는 나를 힘껏 안아주었다.

"우리 해동이는 틀림없이 귀한 낱알이 될 거야. 그렇지? 해동아……."

그날 밤 나는 꿈속에서 근사한 분수모양의 폭죽을 보았다. 그런데 웬일인지 꿈을 꾸다가 잠이 깨고 말았다. 자리가 척척했다.

큰일 났다. 오줌을 싸고 말았으니… 이를 어쩌지? 불장난을 너무 많이 해서 그런 거야. 어쩌지? 나는 오줌 싼 속옷을 벗어 들고 빨래통에 넣었다.

부엌 창으로 달빛이 환하게 비쳐들었다. 달이 밝은 걸 보니 아직도 한밤중인 모양이었다.

엄마한테 야단맞을 생각을 하니 잠이 십리만큼 달아나버렸다. 아빠가 귀한 낱알이 될 거라고 한 그날 밤 오줌을 쌌으니 아빠는 또 얼마나 실망을 할까 생각하니 눈물이 났다.

쓸모없는 피가 되지 않고 귀한 낱알이 되려면 폭죽놀이를 그만두어야 한다. 하지만 그러면 내 소원은 어디다가 빌지? 그때 갑자기 밝은 보름달이 창으로 바로 떠올랐다. 나는 그 순간 달님을 향해 두 손을 모았다.

"달님. 내 소원은 작은 거예요. 들어주실 거죠? 아침에 엄마 아빠한테 야단맞지 않게 해주세요. 그 소원만 들어주면 더 이상 아무것도 원하지 않을께요. 다음 추석 때는 폭죽한테 안 빌고 달님한테만 빌께요. 네?" (1991)

가을 남자

 아빠는 일요일인데도 회사에 나가신다.

“미안해, 여보.”

무슨 일이 있어도 일요일에는 가족과 함께 지내시기로 한 아빠다. 약속을 지키지 못해 미안해하는 아빠에게 엄마가 곱게 눈을 흘긴다.

“야야, 진성아. 나 먼저 나간다.”

진성이 삼촌은 벽에 기대 앉아 얼굴을 잔뜩 찡그리곤 눈만 떴다가 다시 감았다.

“여보, 아무래도 약 좀 지어와야겠어요.”

어젯밤 열두시가 다 되어 아빠는 술이 취한 진성이 삼촌을 데리고 왔다. 삼촌은 엄마에게 형수님 형수님 이럴 수가 있습니까? 하는 말만 되풀이하다가 집에 간다고 일어섰다. 하지만 문지방을 넘기도 전에 삼촌은 방에 쿵하고 넘어지고 말았다. 걱정이 된 아빠와 엄마는 방 한쪽에 삼촌을 재웠다.

"그게 좋겠네……."

엄마와 아빠가 나가시자 삼촌은 벽에 기댄 채 계속 눈을 감고 있었다.

일요일이었지만 동네에는 야구할 친구가 하나도 없었다. 옆 집 동수는 어린이공원에 갔고 딴 애들은 교회에 갔다. 종점 앞 문방구도 노는 날이라 문을 닫았다. 50원짜리 오락도 할 수가 없으니 미치게 심심했다.

삼촌마저 눈을 감고 있으니… 나는 방안에서 벽하고 야구공을 주고받으며 혼자 놀고 있었다. 삼촌이 갑자기 이마를 땅땅 주먹으로 두드렸다.

"삼촌 많이 아파?"

삼촌이 눈을 가늘게 뜨고 바라보더니 나를 덥썩 들어 안았다.

"아픈 게 아니라 가을을 타는 거야."

"가을을 타는 게 뭔데?"

턱수염이 따가웠지만 나는 참았다.

"그건 말야… 가을남자라는 건데말야… 너도 삼촌만큼 크면 알게 돼. 가을이 되면 남자는 외로워지는 거야……."

"삼촌이 추남이란 말야?"

언젠가 놀이방에 봉사하러온 대학생 누나와 형들이 가르쳐준 말이 기억나서 내가 알은 체를 했다.

"뭐라구? 요 쪼그만 게… 그래 삼촌은 지금 추남이 된 거다… 넌 말야… 이담에 연애하지 말고 혼자 살아라. 알았지?"

뜻도 모를 말을 중얼거리더니 다시 머리가 아픈지 삼촌은 이마를 두 손으로 움켜쥐고 다시 벽에 기댔다. 엄마가 들어오셨다.

“삼촌, 이 약 마셔. 정신이 좀 날거야.”

“죄송합니다. 형수님 .”

삼촌은 얼굴을 찡그리고 약을 삼켰다.

“실컷 술 마시고 나서 약을 먹을 거면 뭐 하러 술을 마셔?”

엄마가 삼촌을 놀려댔다. 삼촌은 약 묻은 입가를 손등으로 문지르며 씨익 웃었다.

“삼촌. 다음엔 술 마시기 전에 약 먹으면 되겠다. 그치?”

“맞다. 역시 우리 해동이가 최고야…….”

삼촌이 따가운 턱수염으로 내 볼을 비볐다.

“좀 있으면 내 동생이 올 거야.”

삼촌이 깜짝 놀라 눈을 크게 떴다.

“혼자 끙끙 앓지 말고 직접 부딪쳐 봐요. 오거든 딱 부러지게 얘기하라구. 왜 피하냐. 할 말이 있으면 헤라. 싫으년 딱 끊어 버리구 아니면 아닌 거구. 남자가 왜 그렇게 물러 터져? 덩치가 아깝다. 아까워…….”

삼촌은 부끄러운지 자꾸만 내 얼굴을 비비는 척하며 붉어진 얼굴을 감췄다.

“그게 아니라…….”

“아니긴 뭐가 아냐. 걔 성질은 내가 더 잘 알아. 막내라서 귀여움만 받고 자라 자존심만 하늘같이 높은 애야. 할 얘기가 있어도 지 자존심이 상할 얘기 같으면 죽어도 안 할 애라구. 그러니까 이따 오거든 삼촌이 잘좀 구슬려서 얘길 꺼내 봐. 나한테도 말 안 하는 걸 보면 무슨 내막이 있긴 있는 모양이야.”

삼촌은 눈을 멀뚱하게 뜨고 방바닥만 내려다보았다.

“제가 워낙 말주변이 없어서…….”

“말주변도 없는 사람이 무슨 노동조합 일을 해? 여자 하나도 구슬리지 못하는 남자가 조합원은 어떻게 설득시켜?”

삼촌이 빙긋이 웃으며 엄마를 쳐다보았다.

“형수님도 이제 반 조합원이 다 됐네요.”

“그럼 서당 개 삼년이면 풍월을 읊고 식당 개도 사흘이면 라면을 끓인다는데…….”

엄마도 삼촌도 다같이 웃었다.

“해동아…….”

이모의 목소리가 들렸다. 엄마가 날더러 나오라고 눈짓을 했다. 그런데 삼촌이 날 껴안고 놓지 않는 것이다. 아니 아까보다 더 힘을 주어서 날 꼭 껴안고 있었다.

“놔두세요. 해동이라도 있어야 힘이…….”

엄마가 손으로 입을 가리며 웃었다.

“어이구 저렇게 겁이 많은 사람이 무슨 연애를 해?”

이모는 들어오면서부터 샐쭉해져서 웃목으로 가서 앉았다. 두 사람은 한참 동안이나 말이 없었다. 삼촌은 앞에 놓인 약봉지를 접었다 폈다 하면서 가끔 내 머리를 쓰다듬었다.

“요즘 바쁘신가 보죠? 저번에 약속한 다방에도 안 나오고, 전화해도 안 받고… 무슨 일이 있으십니까?”

삼촌은 방바닥 가운데 어딘가를 쳐다보며 조심스럽게 먼저 입을 열었다. 이모는 못 들은 체 천정만 한참 바라보았다. 삼촌이 이모를 한 번 흘낏 쳐다보고 또 고개를 숙였다. 이모는 쿵쿵하며 밭은기침을 몇 번 하고 나더니 생전 열지 않을 것 같던 입을 열었다.

"할 말이 있어요."

찬바람이 쌔앵 돌았다. 삼촌의 무릎이 덜덜 떨렸다.

"…우리 그만 만났으면 해요."

나는 슬그머니 삼촌의 무릎에서 내려앉았다. 삼촌의 얼굴이 죽은 사람처럼 하얗게 변했다. 나는 겁이 덜컥 났다.

"저도 약간은 눈치 채고 있었어요. 좋습니다. 난 싫다는 사람 굳이 붙드는 비겁한 놈 아닙니다. 하지만… 하지만 헤어질 때 헤어지더라도 이유나 알고 헤어집시다."

너무나 뜻밖이었다. 삼촌의 목소리는 떨리지도 않았고 더듬거리지도 않았다. 석고처럼 굳은 얼굴에는 두 눈만 번뜩였다. 삼촌이 저런 무서운 얼굴을 하는 걸 나는 처음 보았다. 역시 남자는 남자다. 삼촌이 멋이 있어 보였다.

"이유는… 뭐랄까. 나도 잘… 모르지만 진성 씨한테 자신이 없다고나 할까요."

이모는 모기소리처럼 작은 목소리로 더듬거렸다.

"그런 줄 몰랐는데 비겁하군요. 어떤 말을 해도 저는 상처 같은 거 받지 않습니다. 숨기지 말고 솔직하게만 말해주면……."

삼촌은 쉴 틈을 주지 않고 계속 추궁해 들어갔다. 이모는 다음 말을 잇지 못하고 고개를 숙였다. 손바닥에 땀이 나는지 자꾸만 야구공이 미끄러져 방바닥으로 떨어졌다. 나는 얼른 공을 주워 두 손에 꼭 쥐었다.

"사실은 말 안 하려 했는데… 혼자서 삭힐 문제라서……."

삼촌은 윗몸을 앞으로 일으키며 이모의 말 중간에 끼어들었다.

"미안하지만 한 가지 물어봐도 됩니까?"

이모가 어리둥절한 눈으로 삼촌을 빤히 바라보았다.

"혹시 저한테 실망한 거라든가… 다른 이유가 있나 하고요. 예를 들면 뭐랄까… 다른 남자가 생겼다든가… 그래서 내가 싫어졌다든가… 뭐 그런 거……."

이모가 피식하고 웃었다.

"말도 안돼… 세상에… 기껏 생각한다는 게… 고작……."

"그게 아닙니까? 아……."

삼촌의 큰 입이 바보처럼 벌어졌다. 이모가 강하게 부정을 하니까 미안해서 얼굴을 숙이면서도 한편 좋아서 어쩔 줄을 몰라 했다. 생신가 알아보려고 제살을 꼬집어보듯이 삼촌은 손으로 가슴을 쓸어보고 있었다.

"사실은… 이번에 우리 회사가 폐업신고를 냈거든요. 밀린 월급하고 해고수당을 받아야한다고 요즘 농성 중이예요. 사실 봉제야 사양산업으로 찍힌 지가 오래돼서 회사 잘못보다도 정책이 잘못된 이유도 많아요. 사장도 사정이 딱하고… 그런 거 저런 거 생각하니까 자꾸 가담하고 싶지가 않아지데요. 나 혼자 손해보고 말지. 이런 게 무슨 소용인가 다 쓸데없다는 생각만 들고. 이상하게 양쪽이 다 불쌍하기만 한 거예요. 악착같이 싸워도 받을지 말지인데 이러니 뭐가 되겠어요?”

이모의 이야기를 진지하게 다 듣고 난 삼촌이 부드럽게 이모를 쳐다보았다.

“원래 우리 노동자들은 기본적으로 마음이 약하잖아요? 착하기로 하면 바보 같을 정도죠. 거기다 동정심도 많죠. 워낙 어렵게 살다보니 남이 어려운 일을 당하면 자기 일처럼 가슴 아파하니까요. 아무리 사장이 미워도 노동자들은 인간적으로 그 사람을 미워하지 못해요. 그건 이상한 게 아니라 당연한 거예요.”

“다른 사람들은 열심히 싸우는데 나는 뭐 잘났다고 피하고… 그래서 어떤 때는 내가 기회주의자처럼 보이기도하고… 그러니까 사람 만나는 게 자꾸 피곤해져요. 머리만 아프고 뭐가 뭔지 모르겠고 혼자 있고만 싶고…….”

이모의 눈에 이슬이 맺혔다. 간간이 목이 멘 목소리가 떨려 나오기도 했다.

“그 문제라면 혼자서만 고민할 이유가 없습니다. 왜냐하면 나도 마음이 약해서 일부러 모질게 맘을 먹지 않으면 싸우지 못할 때가 많았습니다. 하지만 언제나 끝나고 나서 보면 모질게 마음먹기를 잘했다는 생각이 들던 걸요. 솔직한 거하고 옳은 거 하고는 다르듯이 사람 좋은 거하고 옳은 것도 다르데요. 나도 인간적인 거 참 좋아하거든요. 그런데 사람 좋아하다 멍든다는 말 있죠? 그 말이 딱 맞아요. 근데 나만 멍들면 간단한데 옆의 동지들까지 멍드니까 그게 문제죠. 결국 나 혼자만의 문제가 아니라는 생각을 하면 인간적인 것과 옳은 것과는 구별할 수가 있다는 걸 깨달았어요. 이모가 인간적인 건 좋은 겁니다. 그러나 인간적이냐 아니냐 하는 문제와 이 싸움이 옳으냐 그르냐의 문제는 다르다는 겁니다. 이모가 혼란을 느끼는 건 그 두 가지를 연관 지어 생각하기 때문입니다. 그건 다른 거예요. 노동자는 기본적으로 인간적인 사람들입니다. 그리고 옳은 일을 위해서는 싸움도 합니다. 인간적인 사람이 싸운다고 비인간적이 되는 것도 아니고 싸우지 않는 게 인간적이 되는 것도 아닙니다. 그 둘은 아무 관련이 없다는 겁니다.

저도 처음엔 이모와 같은 갈등을 많이 느꼈습니다. 내가 이거 점점 더 비인간적이 되어 가는 게 아닌가. 하지만 그게 아니더라구요. 노동자의 입장에서 자본가와 싸우는 것과 인간의 입장에서 인간적으로 생각하고 사는 건 다른 거라는 겁니다. 그래서 내가 느낀 건데요. 중요한 건 언제 어디서나 전체 노동자의 입장에 서서 생각하고 행동하면 틀림이 없다는 겁니다."

"전… 회사 들어간 지 얼마 안 되서 그런지 아직 그런 게 잘 파악이 안되요… 그러니까 진성 씨처럼 확실한 사람들한테는 내가 얼마나 답답하고 피곤하겠어요? 그래서 진성 씨하고도… 일부러 멀어지려고 했고… 안 만나는 게 서로가 편할 거라고……."

이모가 새색시처럼 얼굴을 붉혔다. 삼촌은 싱글벙글하면서 여유만만하게 웃었다.

"나도 아는 거 없어요. 배우는 중이거든요… 그런 문제라면 잘 됐습니다. 앞으로 더 자주 만나 터놓고 이야기하면 나한테도 도움이 많을 거라고 생각합니다. 나도 진짜 별거 아닌 놈입니다. 저한테 주눅 들었다는 건 말도 안 되고 오히려 그 반대죠. 그건 누구보다 우리 해동이가 잘 알 겁니다. 그렇지? 해동아."

삼촌은 입장이 곤란해지면 나를 걸고넘어지곤 한다. 다른 날 같으면 안 봐주지만 오늘은 특별히 생각해서 나는 머리를 끄덕여주었다.

삼촌과 이모 그리고 나는 그 다음주 일요일에 가까운 교외로 놀러 갔다.

이번에는 전처럼 삼촌과 이모 사이에 낀 불청객의 입장이 아니었다. 당당하게도 나는 삼촌과 이모를 재회시킨 일등공신의 자격으로 두 사람을 대동하고 길을 떠난 것이다.

삼촌과 이모는 손을 맞잡고 파란 가을 하늘 아래 빨갛고 하얀 코스모스가 한들거리는 황금빛 벌판을 걷고 있다. 유리알처럼 투명한 날개를 맑은 햇살에 반짝거리면서 잠자리가 된 나는 두 사람의 머리 위를 날아다녔다. 이건 정말 진짜 영화의 한 장면처럼 근사하다.

나도 가을을 타나 보다.

삼촌처럼 한번쯤 가을남자가 되어 보는 것도 과히 나쁘지만은 않을 것 같다. (1991)

최후에 웃는 자

 엄마는 밤 12시가 지났는데도 자지 않고 문밖을 들락 날락하고 있었다.

오늘은 아빠의 선거일이었다. 나도 걱정이 되서 잠이 오지 않았다. 엄마가 스웨터를 여민 채 골목길 앞에서 아빠를 기다리는 동안 나는 살며시 이불 밖으로 나왔다. 서랍 속에 든 아빠의 선거 홍보지를 다시 보고 싶었다.

단결이라는 머리띠를 맨 아빠가 주먹을 불끈 쥔 한쪽 팔을 힘차게 들어 보이며 작업복을 입고 선 사진이 맨 앞에 보였다.

"단결하는 조직! 투쟁, 쟁취하는 조직! 아세아자동차노조를 위하여!"라는 구호 밑에 기호 3번이라는 글씨가 커다랗게 쓰여 있었다. 나는 기호 1번과 2번 아저씨의 사진이 찍힌 종이도 꺼내 세 장을 나란히 앞에 놓고 손가락에 침을 잔뜩 묻혔다. 그리고 가만히 눈을 감았다.

"누가 누가 이기는지 알아 맞춰보세요. 진짜 진짜 이기는 번호가 있으면 가운데 손가락에 찰칵찰칵 붙여주세요."

눈을 감고 해야 진짜인데 참으려 해도 자꾸만 눈이 떠졌다. 세 번째 손가락에 붙지 않으면 어쩌나 불안했다. 드디어 가운데 손가락에 붙었다.

"와! 아빠가 이겼다."

나는 다시 이불 속으로 들어가 아빠를 기다렸다.

위원장 아저씨가 감옥에 간 뒤에 직무대리를 맡은 부위원장 아저씨가 자꾸 마음이 흔들려 회사간부들한테 끌려 다닌다고 아빠는 밤마다 걱정을 많이 했다. 그런데 그 직무대리 아저씨하고 민주노조추진위하고 이야기가 잘 되서 아빠가 단일 후보로 출마하게 된 것이다.

그런데 민주노조추진위와는 반대로 투쟁보다는 실리를 얻어야 한다며 회사와의 협조를 노골적으로 내세운 후보가 있었다. 그 후보는 기호 1번이었다.

"안정의 1번 희망의 1번 삶과 보람의 1번" 그리고 선전지에는 "조합원의 실리를 위한 노조를 건설하자!"는 구호가 박혀 있었다.

그리고 또 한 후보인 기호 2번의 홍보지에는 "정의에는 목숨을 다한다"는 선전문구가 진하게 찍혀있었다. 회사 관리직 중에는 사장의 경영 스타일과 인사문제에 불만이 많은 사람들이 있었다. 워낙 사장이 독재자 스타일로 경영을 하는 데다 친인척은 물론 하다못해 같은 교회에 다니는 교인이라는 것만으로도 승진과 봉급이 결정되는 등 사장의 독선은 관리직 사이에도 많은 불만을 키우고 있었다. 이런 사장의 독선에 아부하며 사장의 비리에 한몫 거들어 출셋길을 달리는 간부들에 분노를 느낀 회사 간부들이 반장 출신 대의원 하나를 뒤에서 부추겼다는 소문이 자자했다. 그가 바로 기호 2번 후보였다.

이 아저씨는 회사의 경영문제와 인사문제의 비리를 낱낱이 폭로해서 박수를 많이 받았다는 것이다. 그러나 2번 후보는 위원장 당선이 목표라기보다는 회사내부의 인사와 경영에 관한 비리폭로가 목적이기 땜에 언제 사퇴를 할지 아니면 1번 아저씨와 합칠지 모른다면서 아빠는 은근히 2번 아저씨를 걱정하기도 했다.

사실 아빠의 경쟁자는 1번 아저씨였다.

아빠는 키는 보통 키지만 몸이 마른 데다 연설도 잘 못했다. 그런데 기호 1번 아저씨는 경비대장을 한 일이 있는 운동선수라서 덩치도 크고 말을 잘해 인기가 좋다는 것이었다.

"아빠. 걱정마. 작은 고추가 더 맵다는 말이 있잖아?"

진성이 삼촌이 내말을 듣고 무릎을 탁 쳤다.

"해동이 말이 맞아요. 선전지에 그렇게 쓰는 거예요. 목소리 크고 덩치가 크다고 위원장이 되는 게 아니다. 올바른 지도력과 대찬 용기가 있는 사람만이 위원장이 될 수 있다. 빈 수레가 더 요란한 법이다. 비록 겉모습은 왜소하지만 속은 꽉 차 있다는 걸 알아 달라. 어때요? 홍보로 끝내주죠?"

나는 신이 났다. 내가 아빠에게 도움을 주었다는 사실이 자랑스러웠다.

지금쯤 아빠는 무얼 하고 있을까. 회사 식당에서 개표한다고 했는데 이겼을까 졌을까. 왜 빨리 안 오지? 엄마와 내가 이렇게 눈이 빠지게 기다리는데…….

어젯밤 우리 집에 밤늦게 찾아온 아저씨들과 아빠는 심각하게 머리를 맞대고 있었다.

"그런 일은 없겠지만 2공장에서 몰표가 나올지도 몰라. 또 우리가 앞질러 그쪽에서 안 되겠다 싶은 기미가 보이면 엎어버리는 술수를 부릴지 누가 알아?"

"얌마! 김새는 소리 하지 마라. 여기가 구로구청인 줄 아냐? 여긴 대 아세아자동차 민주노조라 이거야."

갑자기 어젯밤 아저씨들이 오늘 결과를 놓고 걱정하던 일도 생각났다. 아빠가 이렇게 늦는 걸 불길하다 생각해야할지 아니면 기뻐해야할지 알 수가 없었다.

그때였다. 아빠의 발걸음 소리가 들려왔다.

"아빠! 이겼어? 졌어?"

나는 이불을 박차고 벌떡 일어나 내복 바람으로 아빠에게 뛰어들었다.

"응… 떨어졌어."

믿어지지 않았다. 아까 분명 가운데 손가락이 3번에 붙었는데. 아빠를 따라 방으로 들어서던 엄마가 고개를 후딱 들고 아빠를 쳐다보았다.

엄마의 얼굴이 굳어져 있었다.

"당신 얼굴이 왜 그래? 내가 떨어지면 좋아할 줄 알았는데……."

"그렇게 힘들게 고생했으면 이겨야지 바보처럼 왜 져요?"

엄마는 화를 벌컥 내며 돌아섰다. 아빠도 나도 놀라서 엄마를 쳐다보았다.

아빠가 엄마의 어깨에 손을 얹었다. 엄마 눈에서는 금방이라도 떨어질 것처럼 눈물이 그득 고여 있었다.

"당신이 어쩌나 보려고 거짓말 했어. 사실은… 이겼어! 유효표 1천 8백표 중에서 1천 3백표나 얻었어! 민주노조가 승리했어!"

"여보! 정말?"

"아빠! 신난다!"

엄마는 눈물을 글썽인 채 아빠를 쳐다보았다.

"해동아. 니 엄마 봐라. 엄마가 웃는다. 좋아서 웃는 거 봐라. 하하."

엄마가 마침내 웃었다.

"엄마 웃는 얼굴이 진짜 이쁘다 그치?"

선잠이 깬 해자를 안고 볼을 비비며 엄마는 살며시 얼굴을 가렸다.

"엄마가 제일 마지막에 웃었으니까 엄마가 아빠를 이긴 거지? 그치 아빠?"

아빠는 날 안은 채 해자를 안고 있는 엄마를 끌어안았다. 우리 네 식구가 한 덩어리가 되었다.

"여보… 다 당신 덕분이야. 사실 당신이 속으로 내가 낙선하기를 바라면 어쩌나 싶었어. 위원장이야 조합원들의 뜻과 도움으로 되는 거지만, 나 개인적으로는 솔직히 말해 당신의 지지를 받고 싶었어. 당신 없으면 난 시체 아닌가? 당신이 제일 무서웠는데… 당신이 웃는 걸 보니까… 이제 맘이 좀 놓이네."

바야흐로 아빠가 엄마에게 아부할 시간이 돌아온 모양이었다. 나는 해자의 손목을 잡아끌고 이불 속으로 들어갔다. 아빠가 형광등을 껐다.

나는 두 귀에다 새끼손가락을 집어넣고서 눈을 꽉 감았다. (1991)

숭어의
꿈
3

천재와 바보

 양재 터미널로 향하는 차선은 고속도로로 진입하려는 차들로 장사진을 이루고 있었다.

신온달 씨가 분당으로 이사 온 지도 벌써 1년이 되어간다. 하루가 다르게 건물이 들어서고 새로운 간판이 날마다 늘어나는 주변풍경, 그래서 그런지 언제 보아도 분당은 낯선 도시다. 하기야 허허벌판에 신기루처럼 생겨난 도시니 이곳 주민 모두가 이방인들인 셈이다. 텃세가 없는 만큼 지역에 대한 애정이나 주인의식도 없다. 시합장에 나갔다가 피투성이가 되어 돌아오는 투견들처럼 지친 몸을 끌고 돌아오는 베드타운, 그래도 아침저녁으로 신선한 공기를 마실 수 있다는 이 사실만으로도 신온달 씨는 행복한 편이다.

차량들은 가다 서고 가다 서고 하지만 선진국 시민답게 어느 누구하나 빵빵대며 클랙슨을 울리지 않는다. 모두들 입을 꽉 다문 채 앞만 쳐다보고 있었다. 온달 씨는 입맛을 쩝쩝 다셨다. 담배 한 대 생각이 굴뚝같다. 그러나 담배 끊은 지 한 달이 억울해서도 참아야 했다.

어떤 이는 말하기를 이렇게 교통전쟁이 심한데도 자가용이 늘어나는 이유는 혼자만의 시간을 갖기 위해서란다. 공감이 간다. 눈만 뜨면 집과 직장에서 거리나 버스, 전철에서 마주치는 무수한 타인의 시선들, 그렇게 끊임없이 타인을 의식하며 살아야하는 현대인들에게는 완전히 혼자만의 시간을 보낼 유일한 기회는 지금같이 차 안에 앉아있는 시간뿐이다. 차가 밀려 망연히 기다리고 있을 때면 온달 씨는 광활한 바다에 떠있는 섬에 혼자 누워있는 것처럼 자신만의 생각에 잠기곤 했다.

그런데 이 소중한 시간을 방해하는 것이 있었다. 아침부터 몸이 갑갑하게 느껴지던 터였다. 가끔 와이셔츠가 쟈켓 밖으로 삐져나오거나 소매 밖으로 해진 속내의 끝자락이 보일 때마다 아내 평강은 늘 옷차림에 신경을 쓰라고 주의를 주곤 했다. 언젠가는 런닝의 소매를 잘못 끼운 채 하루 종일을 보낸 적도 있었다. 아마 오늘은 속옷을 잘못 입은 게 분명했다. 아침에 눈치로 대강 알았지만 속옷을 고쳐 입으려던 시도는 번번이 빗나갔다. 차가 밀리는 바람에 출근하자마자 직원조회에 헐레벌떡 들어간 데다가 수업은 연달아 밀려있었고, 그나마 쉬는 시간엔 학생과 개별 진학상담에 바빴다. 점심시간이 되어서야 화장실에 가고 싶어졌고 그때 까맣게 잊고 있던 속옷 생각이 났다.

"신 선생, 점심이나 같이 할까. 할 이야기도 있고……."

화장실 문 앞에서 마주친 원장의 한마디에 온달 씨는 다시 속옷을

까맣게 잊고 말았다. 특별히 점심까지 사가면서 이야기할 용건이 무언지 궁금했던 것이다.

생선 매운탕을 거하게 먹고 난 뒤 원장은 서론을 꺼내기 시작했다.

"요즘은 시도 때도 없이 감사가 닥치니… 이 짓도 못해 먹겠어. 애들 머리 숫자가 아니라 개인 수업료로 세금을 매기니까 문젠 거야. 시내에 있는 학원하고 강남하고 잽이 되냐 말야. 똑같은 수업료를 받으라니 그건 우리더러 아예 죽으라는 거나 한가지 아냐? 자기들도 잘 알지만 방침이 그러니 어쩔 수가 없대나."

원장의 긴 서론은 들으나마나 어려운 부탁을 하려는 게 분명했다.

아니나 다를까.

"지법인지 고법인지 잘 모르겠는데 여하튼 부장 판사라는 양반 사모님이 찾아와서는 무조건 자기 아들을 입학시켜달라고 매달리는 거야. 우리 학원 입학시험에서 아들이 떨어졌대나. 그래서 할 수 없이 입학을 시켰지. 그랬더니 어제 고맙다고 찾아와 하는 말이 특별 고액과외를 부탁하는 거야. 솔직히 과외비가 비싸서 미국 같은 데로 유학 보내고 싶었는데 남편이 절대 안 된다는 거야. 최고 일류학교만 나온 최고 엘리튼데… 자존심이 상한다 이거지. 이번엔 무슨 수를 써서라도 꼭 일류대학에 보내고 말겠다는데 문제는 아들 성적이 안 오르는 데야 어쩌겠나. 어떻게 이번에 좀 맡아줘야겠어."

신학기마다 이런 부탁은 수없이 들어오던 터였다.

"기부금 내고 일류대학에 들어간 셈 치겠다나? 대학에 줄 돈을 학원에다 주겠다는 말야. 그 대신……"

원장은 엄지손가락에 유난히 힘을 주었다.

"아들이 대학에만 합격하면 이번 감사는 물론, 앞으로 우리 학원에 대한 감사는 전적으로 책임져 주겠대."

상부상조하는 세상인데 당연히 들어주어야 하고말고. 온달 씨는 알아들었다는 듯이 가볍게 고개를 끄덕였다. 그런데 원장이 무심코 뱉은 판사의 이름을 듣고 난 온달 씨의 얼굴이 단박에 납덩이로 변하고 말았다.

"이필원. 이필원 판사라고요?"

그때부터 얹힌 점심 때문에 하루 종일 속이 좋지 않았던 온달 씨는 저녁을 같이 하자는 두어군데 약속도 뿌리치고 집으로 발길을 돌렸던 것이다. 게다가 퇴근 무렵 아내에게서 전화가 왔는데 이필원 판사… 그 부부가 집에 찾아와 기다리고 있다는 것이었다.

온달 씨는 어둠에 젖어드는 하늘을 바라보았다. 아직도 앙상한 나뭇가지들이 어둠 속에서 봄을 기다리며 떨고 있었다.

터미널을 벗어난 차들이 경주하듯 고속도로를 질주하고 있었다.

재빨리 나타났다 휙휙 사라지는 주변풍경들 위로 얼굴도 기억나지 않는 아버지와 고생만 하다 돌아가신 어머니의 얼굴, 그리고 아버지 같던 형님의 얼굴이 나타났다 가버리곤 했다. 어느새 핸들을 잡은 온달 씨의 손등에 힘줄이 솟아올랐다.

온달 씨의 대학 등록금을 벌러 사우디에 갔던 형님이 하반신 불구가 되어 돌아온 뒤부터 온달 씨의 인생은 180도 달라졌다. 병약한 노모와 어린 두 조카, 그리고 병든 형님이 누워있는 집안엔 늘 어두운 그림자가 드리웠다. 때마침 홀연히 그의 앞에 나타난 행운의 여신 평강으로 말미암아 그는 잠시 밝은 빛을 찾았다. 그러나 결혼한

다음 해 5년 동안 고통으로 신음하던 형님이 끝내 눈을 감았고, 어머니마저 쓰러져 그 길로 형님의 뒤를 따랐다. 아내 평강은 자진해서 형수와 두 조카와 합치자고 제안했다. 그러나 1년을 버티지 못한 아내마저 과로로 쓰러지자 맞벌이 교사부부 시대는 막을 내리고 말았다.

온달은 결심했다. 학원으로 나가자.

이제 조카 하나는 대학 졸업반이고 하나는 대학 1학년이 되었다. 이만하면 어려운 고비는 대충 넘긴 셈이었다. 온달의 두 남매야 자신의 힘으로 얼마든지 벌어 먹일 자신이 있었다.

지난날을 생각하니 한숨이 절로 나왔다. 마치 높은 산의 정상에 올라 고생고생하며 올라오던 길을 내려다볼 때 느끼는 감격과 서글픔이 교차하는 기분이랄까. 용감한 투견처럼, 6,70년대의 가난과 싸워 살아남은 백전용사처럼, 온달 씨는 두어 군데의 학원을 전전한 끝에 3년 전부터는 강남의 명문학원에서도 알아주는 명강사로 자리 잡게 되었다.

차는 경부고속도로를 빠져나와 어느새 분당으로 들어서고 있었다. 높이 치솟은 고층 아파트들이 밀면 차례로 넘어질듯이 줄줄이 늘어서 있었다. 온달 씨의 집은 주택가에서도 맨 끝에 있었다.

이필원 판사. 그는 온달 씨 가족이 형님의 회사를 상대로 소송을 제기한 산재보상 청구소송에서 기각판결을 내린 바로 그 판사였다. 그 판결 덕분에 형님은 보상금은 물론 치료 한번 받아보지 못하고 억울하게 죽었다. 시커멓게 죽어가던 형님의 눈자위며 해골처럼 앙상하게 여윈 몰골이 떠올랐다. 두 다리로 고국 땅을 한번 짚어보지도 못한 채 누운 채로 결국은 한 줌의 흙이 되고만 형님. 어떻게 내가 그 이름을 잊을 수 있단 말인가.

현관을 들어서는 온달 씨의 표정은 어느 때보다 침착했다. 아내 평강은 온달 씨에게 다가와 귓속말을 속삭였다.

"여보, 당신 인제 진짜 유명한 쪽집게가 되었나봐. 잘하면 우리 올해 안에 은행돈 다 갚을 수 있겠다, 그지?"

융자돈을 못 갚아 아직 내 집 같지 않다며 늘 찜찜해하던 아내의 얼굴이 오늘 따라 활짝 펴졌다. 그 순간 온달 씨의 귀에는 감사에서 풀려났다고 좋아하는 원장의 너털웃음소리가 함께 들려왔다.

"목 말라. 맥주나 있으면 몇 병 내와."

온달은 통명스러운 한마디를 던지고는 등을 돌려버렸다. 눈치 빠른 아내 평강은 얼른 입을 다물고 부엌으로 사라졌다.

응접실의 둥근 탁자에 판사 부부와 그 아들이 앉아 있다가 온달 씨를 보고 벌떡 일어섰다. 아무리 부모가 높은 지위에 있어도 자식의 스승 앞에서는 머리를 숙이는 게 옛 조상의 예의다. 온달은 무심한 답례로 그들을 맞았다.

아내 평강이 맥주와 안주를 들고 들어왔다.

판사가 일어나더니 온달에게 먼저 술을 따랐다. 술맛이 당긴 온달은 단숨에 첫잔을 들이켰다. 판사가 다시 따르려는 걸 온달은 자작이 편하다는 말로 만류했다. 판사는 고생고생 공부하던 옛날이야기로 말문을 열기 시작했다. 일류로 살아남기 위해서 공부벌레로 살아야했던 지난날을 자랑스럽게 늘어놓는 아버지와 아마도 수천 번 이상 똑같은 이야기를 들었을 듯한 아들을 번갈아 바라보면서 온달은 말없이 계속 혼자 술을 따랐다.

"요즘 애들은 너무 쉽게, 편하게 살려고만 해서 문제입니다."

판사는 기성세대와 신세대 간의 넘을 수 없는 벽에 대한 한탄과 우려를 또 한참 계속 이어갔다. 세계화니 국제화니 하는 거창한 단어들까지 가세하자 판사의 아내가 남편의 옆구리를 찔러댔다. 그 틈을 이용해서 온달은 자연스럽게 고개만 숙인 채 지루하게 앉아있던 아들에게 몇 가지 질문을 던졌다. 아들은 풀이 죽어서 모기소리만큼 작은 소리로 겨우 중얼중얼 대답했다. 온달은 자신의 학습방법을 일러주고 몇 가지 주의를 당부했다. 그 사이에도 온달은 계속 무의식적으로 병을 기울였다. 원탁 위에는 어느새 빈 맥주병이 4병이나 늘어났다. 판사 앞에 놓인 잔은 처음 따랐던 그대로였다. 온달 혼자 4병의 맥주를 다 마신 셈이었다. 온달은 갑자기 화장실에 가고 싶어졌다. 그런데 문제가 생겼다. 불행하게도 온달이 앉은 자리는 원탁의 가장 구석인 벽 쪽이어서 그가 이곳을 빠져 나가려면 옆자리에 앉은 판사 부부와 아들 세 사람이 모두 자리에서 일어나 비켜주지 않으면 안 되게 된 것이다.

온달은 속으로 생각했다. 세 사람을 일어서게 하느니 자기가 원탁 상을 가로질러 가는 게 더 쉽겠다는 생각이었다. 온달은 성큼 원탁 위로 올라섰다. 아내와 세 방문객은 아무 말도 못한 채 입을 벌리고 온달을 바라보았다. 아내 평강은 한 손으로는 원탁 위에 놓인 병과 컵 그리고 접시를 가장자리로 치우면서 한 손으로는 온달의 다리를 붙잡으려고 버둥거렸다. 온달은 걱정 말라는 듯 팔을 내저으며 줄타기를 하듯 조심스레 원탁 위를 건너 바닥으로 내려섰다. 그러나 그 순간 우려하던 일이 벌어지고 말았다. 한 다리를 바닥에 딛으면서 균형을 잃은 온달이 바닥에 그대로 고꾸라진 것이다.

"다치신 데 없습니까?"

엘리트 판사는 온달을 부축해 일으키면서 정중하게 물어왔다.

"괜찮습니다. 이 정도야 보통이죠 뭐. 넘어지는 데는 도사거든요."

그날 밤 아내 평강은 이부자리를 깔며 혼잣말하듯 중얼거렸다.

"아무래도 오늘 일은 틀린 것 같애. 나갈 때 보니까 부인이 남편 소매를 잡아당기면서 고개를 설레설레 젓더라구요."

"바라던 바 올시다."

뭐가 좋은지 온달은 싱글벙글했다. 평강은 온달을 빤히 쳐다보았다.

"그럴 일이 있어. 나중에 이야기해 줄께. 그보다 사실은 말야. 하루 종일 이것 때문에 갑갑해서 혼났어."

온달이 훌훌 바지를 벗기 시작했다. 평강의 눈이 휘둥그레졌다.

"아니… 세상에. 당신 이래가지고 하루 종일 다녔단 말예요?"

두 다리가 팬티의 가랑이 한 쪽에 들어가 있었다.

"아니 이이가. 정말. 기가 막혀서… 그리고 보니 판사가 나더러 한 말이 생각나네요. 천재들은 가끔 그런다나요? 당신 천재예요? 아니면 바보예요?" (1995) 🐢

붕어와 김 대리

 어느 날 새끼 붕어가 엄마 붕어에게 물었다.

"엄마, 나 붕어 맞아?"

"그래. 넌 붕어란다."

"엄마, 진짜 나 붕어 맞아?"

"그래. 그렇다니까. 넌 진짜 붕어야."

"엄마, 근데 왜 난 숨이 답답하지?"

내가 이 유머의 깊은 뜻을 깨달은 건 순전히 우리 유 과장 덕분이다.

"짜다 짜!"

유 과장은 부임한지 6개월이 지났지만 직원들과 회식은 고사하고, 점심 한번 같이 한 적이 없었다.

"받기만 하고 줄 줄은 모르는 게 관 사람들 아냐?"

"공무원이라고 다 그런가? 원래 사람이 쫀쫀해서 그런 거지."

직원들은 유 과장을 입방아에 올려놓고 그의 전력을 찧어댔다. 과장을 보좌하는 게 대리다. 덕분에 직책상 과장 대신 직원들과 점심을 먹는다, 퇴근 후 맥주 몇 잔 기울인다, 하다보니 내 월급봉투는 점점 얇아져갔다. 억울하면 출세하라는 옛말을 생각하며 몇 번이나 타는 가슴을 식히려 했지만 그때마다 나는 붕어새끼처럼 가슴이 답답하기만 했다.

"마누라가 돈을 더 잘 번다며? 아파트가 60평이래."

"그게 다 짠돌이로 모은 재산 아니겠냐?"

걸핏하면 직원들의 라이터며 볼펜까지 자기 호주머니에 넣는 유 과장에게 보복이라도 하듯 직원들은 그의 재산에까지 난도질을 해댔다. 그러나 이 정도 불평은 숯처럼 타버린 내 멍든 가슴에 비하면 아무것도 아니었다.

"김 대리. 우리 집사람 차가 정비 들어갔거든. 며칠 신세 좀 질까?"

이렇게 시작된 그 며칠이란 게 얼마 안가 기약 없는 나날로 변할 줄이야.

"집사람이 강남에서 의류점을 하고 있거든. 그동안 집사람 차로 출퇴근했는데 시간이 영 안 맞아서 말야. 차 한대 더 살까말까 했는데… 어때? 자네하고 같이 출퇴근하는 게? 기름 절약해서 애국자도 되보고… 기름값은 내가 다 책임질게."

그러나 말뿐인 기름값은 고사하고 자가용 노릇까지 해야 하니 미칠 지경이었다.

"미안하지만 조기 빵집 앞에서 잠깐 세워주겠나? 오늘 딸애 생일이라서.”

점입가경이라더니, 오늘 아침은 더욱 기가 찼다.

“김 대리. 우리 집사람이 차를 팔았거든, 아 근데 새 차 출고가 늦어진다지 뭐야. 새 차 빠질 때까지만 집사람하고 우리 딸애 신세 좀 져도 될까? 약간 돌아가는 게 문제긴 한데 그거야, 한 15분만 일찍 출발하면 넉넉할걸.”

황금보다 더 단 아침잠을 15분이나 뺏기다니! 본전 생각나게 하는 것처럼 사람 치사하게 만드는 게 있을까? 그런데 바로 내가 그런 치사한 인간이 되어간다고 생각해보라. 나를 치사한 인간으로 만드는 유 과장보다 더 참을 수 없었던 건 나 자신의 못남이었다.

아침부터 머리 속에 스팀이 끓어올라 일이 손에 잡히지 않았다. 오후가 되어서야 겨우 마음을 가라앉히고 있는데 유 과장의 목소리가 들렸다.

“오늘 퇴근 후 회식이 있으니 기대해요!” 고개를 갸웃거리며 반신반의하는 직원들 앞에서 유 과장은 껄껄 웃었다.

“속아만 살았나? 진짜라니까! 이따 보자구!”

하긴 벼룩도 낯짝이 있다는데… 나는 내심 쾌재를 불렀다. 오후의 사무실은 소풍을 앞둔 교실처럼 내내 들떠 분주하게 돌아갔다.

“자. 오늘 모든 계산은 나한테 맡기고 맘껏 먹고 취할 때까지 마십시다.”

오랜만에 싱싱한 생선으로 배를 불린 직원들 앞에 양주와 맥주 잔 부딪치는 소리가 요란했다. 술발이 올랐던지 유 과장은 2차를 외치며 계산대로 다가갔다. 직원들을 먼저 내보낸 나는 서너 발짝 떨어져 유 과장을 기다렸다.

"뭐가 이렇게 많이 나왔어? 우리가 취했다고 바가지 씌우자는 모양인데, 빈병 다 가져와봐!"

유 과장의 언성이 높아졌다.

"순 잡어들만 깔아주고선! 광어 돔이 강아지 이름인줄 아나? 뭐 10키로? 어림 반 푼어치도 없는 소리! 저울 가져와 봐!"

종업원들이 모여들고 얼마 안 있어 지배인과 사장까지 달려왔다.

"손님 좀 지나친 거 아닙니까?"

계산대 주변엔 긴장감마저 감돌기 시작했다.

"뭐가 어째? 이것들 영업정지 한번 먹어봐야 정신 차리겠어? 엉?"

나는 두 눈을 지그시 감은 채 중대한 결심을 하지 않을 수 없었다.

"제가 계산할 테니 과장님은 먼저 나가 계시는 게 좋겠습니다."

카드가 탁하고 찍히는 순간 동그라미가 눈앞에서 맴을 돌았다. 한 달 봉급의 삼분의 일이 잘려나가는 순간이었다. 엎질러진 물이었다. 3차까지 술을 마셨지만 취하지가 않았다. 유 과장을 떠메듯 끌고 포장마차를 나오며 나는 소리쳤다.

"과장님! 저 대리 맞습니까?"

"어. 자네. 김 대리지. 맞아. 대리야."

"과장님! 진짜로 제가 대리 맞습니까?"

"아. 그렇다니까. 왜 똑같은 걸 자꾸만 물어?"

나는 유 과장을 똑바로 쳐다보며 눈을 크게 떴다.

"근데 왜 난 자꾸만 과장님을 한 대 치고 싶을까요?" (1996)

장미전쟁

자 이제 어쩐다? 집에 가서 뭐라고 둘러대지?

택시는 총알처럼 달렸다. 밤 2시가 넘은 도심의 거리는 활주로처럼 시원하게 뚫려 있었다. 그러나 시원한 거리와는 반대로 내 가슴은 점점 더 오그라들고 답답하기만 했다.

애초에 거래처 박 과장의 유혹을 뿌리치지 못하고 여관에 끌려들어간 게 잘못이었다.

물론 이런 일이 오늘 처음은 아니었다. 그렇다고 내가 여자를 밝히는 편이냐 하면 그건 결코 아니다. 처음엔 호기심에 따라나섰고, 다음엔 동료들과 어울리다가, 그리고 오늘처럼 거래처 손님 때문에 어쩔 수 없이 따라간 게 전부였다. 사회생활을 하다보면 좋은 일만 하고 살 수는 없지 않은가.

솔직히 나는 거짓말에 서툴다. 아니 여자 운이 없는지도 모른다.

벌써 아내에게 두 번이나 찍혔으니 이번 세 번째도 들통 나면 끝장
이다. 절대 용서받지 못할 것이다. 어찌 불안하고 떨리지 않겠는가.
　아내가 철석 같이 믿을 만한 거짓말, 그런 게 뭐가 있을까? 나는
아까운 뇌세포를 죽여 가며 머리를 쥐어짜고 또 짰다. 아파트 단지
가 점점 가까워오고 있었다.
　그래! 바로 그거야! 순간적으로 나는 무릎을 탁 쳤다. 기적이라고
밖에 말할 수 없었다. 어떻게 이런 기상천외하고 기발한 착상이 떠
올랐을까. 이 탁월한 머리! 역시 나는 천재야! 와우!
　엘리베이터 문이 열리자 나는 심호흡을 했다. 그리고 힘껏 벨을 눌
렀다. 두 번, 세 번…
　"빨리 문 열어!"
　이번엔 주먹으로 문을 쾅쾅 두드려댔다.
　문이 열리는 순간 예상대로 독이 잔뜩 오른 아내가 살기를 띤 눈
을 번득이며 나를 노려보았다. 그 순간 나는 얼마 전 본 비디오 <장
미전쟁>이 떠올라 온몸에 소름이 돋았다. 부부싸움이 살인으로 변
한 공포의 전쟁, 죽느냐 사느냐 하는 그 장미전쟁이 바로 지금부터
아내와 나 사이에 일어날 수도 있다는 생각이 들었다. 그렇다면, 길
은 하나다. 무슨 수를 써서든 전쟁만은 막아야한다. 사랑하는 내 가
족을 위해서라면 내 한 목숨도 아깝지 않을 판인데 그까짓 거짓말
연기가 무슨 대수란 말인가. 아암. 전쟁을 막는다는데… 나는 포연
속을 뛰어드는 전사처럼 주먹을 불끈 쥐었다.
　"개새끼들! 발가락 새에 낀 때만도 못한 새끼들!"
　다짜고짜 욕을 퍼부으면서 나는 아내를 밀치고 현관으로 돌진해

들어갔다.

"당장 회사 때려치울 거야!"

단 몇 초 사이에 나는 구두를 사납게 벗어던지고, 거실을 곧장 가로질러 안방 문 앞까지 당도하는데 성공했다.

"당신… 도대체……."

아내가 나를 가로막으려는 순간, 나는 아내의 얼굴 앞에 손가락 하나를 찌를 듯이 바짝 갖다댔다.

"가만있어. 당신 한마디만 하면 나 진짜 돌아 버린다구, 알았어?"

"아니 이이가 정말?"

"나 말리지마! 나 내일 당장 회사 때려칠 거야. 사표 쓴다구. 사표 쓰면 될 거 아냐?"

나는 옷을 하나씩 벗어던지며 허공에다 휘익 뿌려댔다. 욕설이 속사포처럼 쏟아졌다.

"회사에서 무슨 일 있었어요? 당신더러 누가 뭐래요?"

아내가 뭐라고 말했지만 못들은 척 나는 계속 혼자 떠들어댔다.

"당신 걱정 마. 당신하고 우리 딸만은 굶기지 않을 자신 있으니까. 나 이래 뵈도 오란 데 많아. 사람 우습게보지 말라구. 나도 사나이 대장부야! 한번 한다하면 하는 싸나이라구."

씩씩거리며 침대로 올라간 나는 이불을 머리까지 뒤집어쓴 채 그대로 누워 버렸다.

갑자기 정적이 밀려왔다. 도깨비에 홀린 듯 방 가운데 멍하니 서 있을 아내를 상상하니 웃음이 터져 미칠 지경이었다. 조금 있으려니 아내가 주섬주섬 방바닥에서 옷을 챙겨 장롱에 넣는 소리가 들렸다.

이윽고 불이 꺼지고 방문이 닫히더니 아내의 발자국 소리가 점차 멀어졌다.

"얏호! 성공이다!"

다음날 분비된 엔도르핀 수치는 아마도 내 생애 최고 수준이었을 것이다. 입사 이래 회사업무가 그렇게 매끄럽게 처리된 적도 없었으니까 말이다. 퇴근시간 벨이 울리자마자 나는 제일 먼저 사무실 문을 나섰다. 벼룩도 낯짝이 있지. 오늘은 일찍 들어가 아내에게 꽃다발과 함께 키스를 퍼부으면서 열렬한 사랑을 고백해야지. 그때였다. 경비실 옆에서 낯익은 여자 하나가 반색을 하며 다가오고 있었다.

아내였다.

"아니, 당신!"

나쁜 짓이라도 하다 들킨 사람처럼 나는 깜짝 놀랐다.

"놀래기는? 당신하고 저녁 같이 먹고 들어가려고요. 당신 다른 약속 없죠?"

오랜만에 분위기 좋은 레스토랑에서 식사를 마친 후 우리는 붉은 포도주 잔을 마주하고 앉았다.

"여보. 사실 나 어제 밤 한잠도 못 잤어요. 요즘 회사들마다 해고다 감원이다 난리라면서요? 그동안 당신 말도 못하고 혼자서… 많이 힘들었죠? 미안해요. 어머니랑 의논했는데요. 이 기회에 당신 독립하는 게 어떨까 해서요. 우리 집 전세 놓고 당신하고 둘이 무슨 장사든 시작해요. 나도 도울게요. 당신 능력을 알아주지 않는 그런 회사 다닐 필요 없다고요. 실컷 부려먹다가 단물만 빨아먹고 내다버릴 회사라면 일찌감치 때려치는 게 백배 나아요. 나 겁 안나요. 그러니까 내일 당장 사표 내요!”

<라스베가스를 떠나며>라는 영화에서 죽음만을 기다리는 알코올 중독자 애인에게 술병을 선물하는 여자의 진실한 사랑이 가슴을 뭉클하게 하던 기억이 났다. 그런데 이런 행복한 순간 왜 온몸에서는 자꾸만 식은땀이 흐르는지 모를 일이었다. 마치 내가 늑대소년이 된 기분이었다. 만약에, 만약에 내가 진짜로 정리해고 대상이 된다면, 정말 해고되는 그런 상황이 닥친다면, 그런 날이 온다면, 틀림없이 나는 이 세 번째 거짓말 때문에 죽게 될 거야. 안돼! 아, 안돼!

“여보, 사실은 말야…….” (1996)

클랙슨이 세 번 울릴 때

 “11시 다 됐어. 어서 타라니까.”

미스 김은 택시를 잡으려고 계속 거리 쪽을 두리번거렸다.

“차 대리님 집은 저하고 반대방향이잖아요? 부담스러워서…….”

“부담이라니 무슨 섭섭한 소리? 오히려 나한텐 영광이라구.”

사실 미스 김은 우리 사무실에서 가장 인기 있는 아가씨다. 총각 사원들은 물론이고 기혼자들까지 미스 김의 관심을 끌려고 혈안이었다. 팔등신 미모에 똑똑하고 애교만점이니 누군들 그렇지 않겠는가. 하늘이 도왔는지 오늘 나에게 기회가 온 것이다. 남자는 기회에 강해야하는 법. 미스 김과 단둘이 귀가하게 되었으니 이보다 더 좋은 기회는 없을 터였다.

“그럼 오늘 하루만 신세 좀 질게요.”

미스 김이 끝내 내 옆자리에 앉자 나는 내심 쾌재를 불렀다.

"오늘 낙찰이 얼마짜린지 알아? 미스 김 같은 일등공신은 사장님 벤츠로 모셔도 부족해."

"어머 무슨 말씀을…입찰 서류 땜에 차 대리님께서 며칠이나 밤새며 애쓰셨는데요? 저야 한 일이 뭐 있나요?"

"이렇게 마음까지 어여쁘니 우리 회사 총각들은 복도 많지. 내가 총각이었으면……."

옆자리에 늘씬한 팔등신을 태우고 달리는 기분. 이런 기분은 결코 아무나 맛볼 수 있는 행운은 아닐 것이다. 내 평생소원이 예쁜 여자하고 뜨거운 연애 한번 해보는 것이다. 치마만 둘러도 두근거리던 시절, 날 좋아한다는 한마디에 황송해서 어쩔 줄 모르고 덜컥 결혼해버린 게 이렇게 두고두고 후회될 줄이야. 말 타면 경마 잡히고 싶다고, 착한 마누라 얻으니 이왕이면 다홍치마라고 얼굴까지 예쁘면 금상첨화가 아닐까 싶었다.

"승차감이 너무 좋아요. 차 대리님 운전솜씨가 보통 아닌가 봐요."

칭찬을 듣고 보니 어깨에 힘까지 들어가 아까부터 비실대는 앞차를 추월하고 싶어졌다. 나는 액셀러레이터를 지그시 밟으며 미끄러지듯 앞으로 나아갔다.

"차가 후져서 더 빠르고 안전하게 모실 수 없는 게 유감이올시다."

그때였다. 어디서 나타났는지 교통순경 하나가 앞길을 막더니 요란하게 정지신호를 보내는 게 보였다. 이런? 뭐가 잘못된 거지? 속도계기판은 120킬로를 가리키고 있었다. 그리고 보니 망년회 철이라 도로 곳곳에 교통순경이 많이 깔려있다는 걸 깜빡 잊고 말았던 것이다. 역시 여자는 남자의 혼을 빼먹는 요물이란 말야. 미스 김의 칭찬 한마디에 정신을 잃었으니 이걸 어쩐다? 옆자리를 흘낏 보니 미스 김의 얼굴이 겁에 질린 눈으로 애처롭게 나를 바라보고 있었다. 참새처럼 바들바들 떨고 있는 여자 앞에서 남자가 당황해하면 되나? 이럴 때야말로 남자다운 힘을 과시해야 하고말고.

"실례합니다."

"뭐요?"

거수경례까지 부치며 예의를 다하는 교통순경 앞에서 나는 약간 신경질적인 투로 거드름을 피웠다.

"여긴 추월금지도로입니다. 깜빡이도 안 키고 과속하셨군요."

일순 뜨끔했지만 나는 여유를 부리면서 천천히 차문을 열고 밖으로 나갔다. 지난 번 음주단속에 걸렸을 때 괜히 뱃장 부리고 뻣뻣하게 굴다가 벌금 50만 원에 면허정지 3개월까지 당한 뼈아픈 기억이 되살아났다. 그렇다고 미스 김 앞에서 비굴하게 사정하는 모습을 보일 수는 없었다. 나는 말을 거는 척하면서 순경의 팔을 지긋이 잡아 끌고 열 걸음 정도 차 뒤로 걸어갔다.

"아내가 첫 임신인데 갑자기 복통이 나서 급히 병원에 가는 길입니다. 제발 한 번만 봐 주세요. 지금 아내는 위험해요. 급합니다. 제일 싼 걸로 한 장만 끊어주면 섭섭지 않게……."

뒤로 돌아선 나는 얼른 지갑을 열었다. 그리곤 손짓작으로 지폐를 몇 장 세어 순경의 호주머니에 재빨리 찔러 넣었다. 순경은 호주머니에 손을 넣고 몇 장인가를 세어보는 듯 했다.

"그럼 빨리 병원으로 가 보시지요."

　순경은 딱지 한 장을 차 안에 던져 주고는 차 안을 들여다보며 의미 있는 눈으로 웃었다.

"부인이 꽤 미인이십니다."

짜식. 너도 사내라고 보는 눈은 있다 이거지. 얌마. 이런 미인을 데리고 살아봐라. 눈에 보이는 게 있나? 추월 금지판이 다 뭐고, 깜빡이 등이 문제냐?

"어쩌죠? 저 땜에 괜히… 미안해요."

"그렇게 미안하면 저녁 한 번 거하게 사면 되."

"그럴게요. 이번 주 토요일 어떠세요? 제가 잘 아는 집 있는데… 저녁 같이 하죠."

미스 김을 내려주고 집으로 돌아오면서 나는 내내 휘파람을 불었다. 이게 웬 횡재냐. 교통위반 벌금딱지 뗀 덕분에 쭉쭉 빵빵 아가씨와 데이트까지 하게 되었으니. 이런 걸 두고 인간만사 새옹지마라고 하는 거겠지.

토요일 오후의 데이트라? 모름지기 미인을 손에 넣으려면 능력이 있어야한다. 든든한 지갑은 필수. 나는 한 손으로 운전대를 잡고, 남은 한 손으로 얼핏 지갑 안을 열어보았다. 그 순간 나는 그만 소스라치게 놀라고 말았다.

"끼익…"

급정거한 타이어는 날카로운 마찰음을 내며 도로 위를 미끄러졌다. 그 소리는 마치 내 심장이 찢어지는 비명소리처럼 들렸다.

조금 아까 교통순경에게 분명 만 원짜리 3장을 주었는데 만 원짜리 지폐 3장이 고스란히 남아 있었다. 그러고 보니 꽁꽁 숨겨놓은 빳빳한 10만 원짜리 수표 3장이 없어졌다. 그럼 3만 원이 아니라 30만 원을 줬단 말인가? 과속 딱지 한 장에 30만 원? 세상에!

아이고… 이제 나는 망했다. 그게 어떻게 모은 비상금인데… 내 머리가 어떻게 된 게 분명해. 맞아. 벌을 받은 거야. 나는 머리를 힘껏 핸들에 쥐어박았다.

한 번. 두 번. 세 번.

안돼! 하는 아내의 무서운 경고음처럼 클랙슨 소리가 자정 넘은 거리 위로 길게 울려 퍼졌다. (1997)

우리 아빠는 정비사!

우리 집은 남자 둘, 여자 둘 이렇게 공평하게 둘씩이다. 그런데 숫자는 공평하게 남녀 2대 2인데 실세로 들어가 보면 남자가 여자에게 형편없이 밀린다. 그건 순전히 아빠 탓이다. 나는 누나와 싸우면 항상 누나를 울려서 이기는데 비해 아빠는 언제나 엄마한테 지기 때문에 나 혼자 아무리 노력을 해도 남자의 실세를 잡을 수가 없는 것이다.

"말도 마. 우리 그이 착한 건 세상이 다 알아준다구. 친척한테 무슨 일만 생겨도 젤 먼저 달려가지 친구들한테 돈 꾸어주고 못 받는 건 그이 장기라구. 그러니 보는 사람마다 그이 착하다고 입에 침이 마르게 칭찬이 자자할 수밖에… 하지만 요새 세상에 착하다는 게 욕이지 어디 칭찬이니? 효자얘기? 애애 말도 꺼내지 마. 비만 좀 와도 시골로 쪼르르 전화한다. 농사는 이상 없냐? 집안은 괜찮으냐? 날이

가물면 또 가물었다고 걱정… 내가 전화할 틈도 없이 그저 자기 어머니 아버지라면 벌벌 떤다니까. 내가 효부되기 싫어서 안 하는 줄 아니? 이건 아예 기회가 없는 거야. 넌 내 심정 몰라. 남들이야 그렇게 착한 남편하고 사니 좀 좋으냐고 그러겠지? 술도 안 마시고 담배도 안 피우지 성금 내라면 젤 많이 내지… 그래 겉만 그렇지 그 속 터지는 건 아무도 몰라. 내가 왜 악처에다 악부가 되었는지 아냐? 나도 알고 보면 착한 여자라구. 그런데 우리 그이가 하도 착하니까 내가 착한 건 보이지도 않는 거야. 상대적으로 나는 늘 나쁜 여자가 되는 거지. 그러니 할 수 있니? 이래저래 욕먹을 바에 아예 내가 악처에다 악부가 되는 게 속이 편하지… 그러니까 차라리 니 남편 같은 자린고비가 나은 거야. 넌 착한 남자하고 안 살아봐서 그래. 악마하고는 같이 살아도 천사하고는 못산다니까."

엄마가 친구하고 전화로 수다를 떨면서 아빠에 대해 말하는 걸 들어보면 대강 우리 아빠가 어떤 사람인지 여러분도 잘 아실 거다.

아빠 직업은 비행기 정비사다.

처음에 엄마와 연애할 때 공군장교였던 아빠를 엄마는 비행기 조종사라고 생각한 모양이다. 결혼하고 나서 아빠가 정비사라는 걸 안 엄마는 펄펄 뛰며 아빠에게 사기결혼을 당했다고 울고불고 생난리를 쳤다고 한다. 엄마는 자존심이 보통 강한 여자가 아니라서 할 수 없이 아빠가 지고 말았다. 엄마가 원한다면 언젠가는 꼭 조종사가 되겠다고 약속을 한 것이다.

누나와 내가 태어나고 자라는 동안 엄마는 조종사를 잊어버린 것처럼 보였다. 그런데 내가 작년에 초등학교에 입학하자마자 엄마의 조종사 병이 다시 터지고 말았다.

"이제 집안도 어느 정도 기반이 잡혔으니 약속대로 이제 공부하셔야죠."

아빠는 얼굴을 찡그렸다.

"애들도 다 컸는데 아빠 직업이 뭐냐고 물으면 애들이 얼마나 챙피하겠어요? 비행기 조종사하면 얼마나 근사해? 헌데 정비사? 자동차 밧데리나 고치는 그런 사람으로 알 텐데… 애들 장래에도 문제가 있구요…….

"남의 것 도둑질해서 돈 버는 것도 아닌데 뭐가 창피하단 말야? 새삼스레 이 나이에 조종사니 뭐니 하며 공부하는 게 더 웃기는 짓이지. 사람은 제 몫대로 사는 거야. 분수에 넘치는 욕심을 부리면 그게 더 추해보이는 거라구."

"당신은 맨날 그따위로 세상을 바라보니까 요 모양 요 꼴로 사는 거라구요. 욕심 욕심 그러는데 욕심 없이 살려면 산속에 들어가 혼자 살 거지 왜 결혼은 해서 애를 낳고 살아요?"

"아하… 당신 참. 내 말은…….

"내 말이고 저 말이고 필요 없어요. 당신이 일단 나한테 약속한 거니까 되든 안 되든 남자답게 약속을 지키든지 아니면…….

엄마의 반 공갈 협박에 두 손을 들고만 아빠는 결국 조종사가 되는 공부를 시작하게 되었다. 내 방은 아빠의 서재로 바뀌었고 나는 누나와 같이 방을 쓰게 되었다. 아빠와 함께 던지던 야구공은 책상 밑에 처박혀 버렸다. 내가 좋아하던 TV 만화영화도 작별을 해야 했다. 우리는 화장실에 갈 때도 뒤꿈치를 들고 가야만 하는 날들이 계속되었다.

워낙 착하기만 한 울 아빠는 악착같이 공부하는 그런 사람이 아니었다. 엄마가 옆에서 하도 우기고 졸라대니 아빠는 할 수 없이 팔자에 없는 공부를 하는 것이다. 그러니 아빠도 보통 고역이 아닐 터였다. 하품을 하면서 졸음을 참느라 거실을 왔다갔다 하는 아빠를 보면 불쌍할 때가 한두 번이 아니었다.

"아니 아범이 이젠 1등 정비사가 되었겠다. 이만하면 먹고 살기에도 넉넉한데 또 더 무얼 바라냐? 사람이 너무 욕심이 많아도 안 된다."

우리 할머니가 이런 말씀을 하면 엄마는 대뜸 이렇게 받는다.

"어머니 모르시는 말씀 마세요. 아범이 1등 정비사가 된 것도 제가 잔소리를 해서 된 거예요. 제가 가만히 있었으면 그이는 1등이고 2등이고 평생 그렇게 살았을 거예요. 그러고요. 뒤로 윗사람 찾아다니며 인사하고 때마다 선물하고 그랬으니까 이 정도죠. 아범이 돈이 있어요. 백이 있어요. 그렇다고 남처럼 실력이 좋아요. 그저 착하다는 거 하난데 그걸로 출세가 되나요? 오히려 남한테 이용이나 당하면 당했지… 그리고 1등 정비사면 뭐해요? 비행기 앞 조종석에 앉으면 어쨌든 조종사한테 명령을 받아야 하거든요. 그이도 점점 나이 먹어가고 앞으로 젊은 조종사한테 이래라 저래라 소리를 들어가며 사는 꼴 난 못 봐요!"

"하지만 아범은 옛날부터 공부하고는 담 쌓은 사람인데… 기계 만지는 걸 좋아해서 맨날 기름 묻히고 살았는데 갑자기 공부하라면 할 수 있겠냐?"

"그런 말씀 마세요. 누구나 노력하면 안 되는 게 없는 거예요. 노력을 안 해서 그렇지."

결국 할머니도 할아버지도 엄마에게 두 손을 들고 말았다.

"그럼 잠깐 아범 얼굴이나 보고 갈 거다… 손주들도 보고 싶고…….'

"아 애들도 잘 있고. 집안 걱정하실 거 하나도 없대두요… 돈은 저희가 온라인으로 부쳐 드릴께요. 그리고 시험 끝나면 저희가 모시러 갈게요."

이래서 할머니 할아버지도 금족령이 내려 우리 집에 오지 못하게 되었다. 하지만 온 식구들의 이런 눈물겨운 노력에도 불구하고 아빠는 1차 영어시험에서 떨어지고 말았다. 거기다 공부한답시고 너무 신경을 써서 그런지 정기 신체검사에서 폐가 나빠졌다는 진단이 나왔다.

이번에는 건강작전이 개시되었다. 한약 냄새가 온 집안을 진동하더니 자연식품, 식이요법, 단전호흡, 요가, 수지침해서 요란한 처방으로 집안이 온통 병원처럼 변했다. 올봄에 다시 신체검사를 한 결과 양호하다는 평가가 나오자 2차 시험 준비가 시작되었다.

"이번에는 꼭 붙어야 해요!"

아빠가 못 미더운 엄마는 아빠의 문제집을 채점해가며 옆에 붙어서 잔소리를 한다. 보약 사발을 들이키는 아빠의 얼굴은 뭐 씹은 얼굴이 되었다.

"당신은 애들 방에나 가봐. 내 일은 내가 알아서 할께."

"나 가고 나면 또 잘라구 그러죠?"

"안 자고 오늘은 밤 새워서라도 할 테니까 걱정 말고 건너가라니까……."

"그럼 오늘은 꼭 여기까지 해놓고 자야 되요."

엄마는 문제집을 접어서 꾹꾹 손톱으로 누른다.

"아 참, 그리고 50분마다 일어나서 운동하는 거 잊지 말아요."

운동기구까지 가득 찬 아빠 방은 완전 입시생의 전쟁터 같았다.

아… 불쌍한 울 아빠. 아빠를 볼 때마다 나는 정말 어른이 되고 싶지가 않다. 지금도 공부하는 게 지겨운데 아빠 나이가 되어서도 저렇게 공부해야 한다면 차라리 어른이 안 되고 지금처럼 그냥 어린애로 남아있고 싶다.

하지만 여자들은 여자끼리 통하는 데가 있는지 누나와 엄마는 죽이 잘 맞아 돌아간다. 어떤 때 누나가 아빠에게 하는 말을 들으면 꼭 엄마가 말하는 것처럼 들린다.

"우리반 애들이 아빠가 뭐하냐고 묻길래 조종사라고 그랬다. 아빠 괜찮지?"

그럴 때의 아빠의 표정은 정말 눈뜨고 차마 못 볼 지경이다.

"거짓말 하는 건 나쁘댔어!"

내가 아빠 대신 누나에게 눈을 흘기자 누나는 태연하게 입을 비죽인다.

"얼마 있으면 조종사될 건데 뭐."

아빠가 소파에서 일어나 슬그머니 서재로 들어가는 뒷모습을 보면서 나는 괜히 눈물이 난다. 아빠가 정말 불쌍해서다.

드디어 아빠의 2차 영어 시험 날이 되었다.

"여보, 당신 오늘도 또 덤벙대지 말고 침착하게 쓰세요. 아는 것부터 답을 쓰고 모르는 건 나중에……."

학교에서 공부를 하는데 자꾸만 아빠 걱정이 되었다. 아빠가 시험에 떨어지면 다음 시험 때까지 친구들도 못 데려오고 TV도 못 보게 된다. 제발 이번만은 꼭 아빠가 붙어주기를 나는 가만히 두 손 모아 기도를 했다.

그러나 그날 아빠는 집에 돌아오지 않았다. 엄마는 하루 종일 안절부절못하고 아빠를 기다렸지만 아빠한테서는 아무 소식이 없었다. 엄마는 여기저기로 전화를 걸기 시작했다. 아빠의 친구 분 집에 전화를 거는 모양이었다. 누나와 나는 엄마의 긴 한숨소리와 베란다 문을 여닫는 소리만 들으며 이틀 동안 잠을 설쳤다.

다음날 아침이었다.

"여보… 거기가 어디예요? 여보… 당신 시험 떨어져서 그래요? 다음에 한 번 더 칠 기회가 있잖아요? 당신 무슨 소리하고 있는 거예요? 여기서 포기할 수는 없다구요. 일단 집에 들어와서 나하고 얘기해요. 여보……."

엄마의 목소리에 잠이 깬 나는 잠옷을 입은 채로 마루로 뛰어나갔다. 엄마가 전화기에 대고 큰소리로 아빠를 불러대고 있었다. 불길한 예감이 들었다.

"미쳤어. 완전히 돌았어."

엄마가 화가 난 듯 혼자 중얼거리며 부엌으로 들어갔다. 아침을 먹으면서도 엄마는 계속 화를 내며 혼자 투덜거렸다.

조금 있다가 전화벨이 울렸다. 모두가 긴장했다. 엄마는 총알같이 전화기로 달려 갔다. 그러나 목소리가 꺼져갈듯 작아졌다.

"아. 종규 엄마예요? 예. 좀 전에 전화가 왔는데… 글쎄 어디라고 말할 수 없대지 뭐예요? 자기를 찾지 말래요. 세상에. 난 뭐가 뭔지 하나도 모르겠어요. 아니 그럼 종규 아빠한테 회사 사직서를요? 그래서요? 세상에… 완전히 돌았어. 네네… 할 수 없죠. 기다리는 수밖에요."

엄마의 얼굴이 흙빛으로 변했다. 엄마의 눈에 눈물이 맺힌 것 같기도 했지만 엄마는 우리 앞에서 태연한 척 했다.

"빨리 먹고 학교에 가라."

밥도 먹고 싶지 않고 학교에서도 공부가 될 리 없었다. 아빠가 걱정되었다. 엄마도 걱정되었다. 조종사 안 하면 어때? 난 아빠만 있으면 되는데… 모든 게 엄마 때문이야. 나도 화가 나기 시작했다. 괜히 내 짝 여자애한테 주먹을 휘둘러 보이면서 으르렁거리며 싸움을 걸기도 했다. 하루 수업이 어떻게 끝났는지 모르게 끝났다. 집안은 괴괴한 적막에 휩싸였다.

사흘이 지났다. 학교가 끝나고 아파트의 초인종을 누르자 엄마가 외출복을 입고 가방을 챙기고 있었다.

"할머니가 조금 있으면 올 거야. 어서 밥 먹어."

"엄마. 어디 가세요?"

"응. 제주도에……."

누나와 나는 놀라 서로 얼굴만 쳐다보았다. 식탁 위에 편지 한 통이 놓여있었다. 아빠의 글씨였다.

여보. 미안하오. 무능한 남편을 용서해 주오. 난 지금처럼 애들 건

강하고 당신이 곁에만 있으면 더 이상 바랄 게 없는 그런 사람이요. 지금까지는 당신을 위해 억지로 공부했지만 이제는 더 이상 그렇게 살고 싶지가 않소. 조종사도 싫고 출세니 승진도 다 잊고 살고 싶소. 제주도에 있는 친구한테 가서 농장 일이나 도우며 얼마 동안 다 잊고 지낼까 하오. 당신에게만 애들을 맡겨 미안하오. 내 마음이 안정되는 대로 다시 연락하겠소. 회사에는 우편으로 사직서를 부쳤으니 내일쯤 도착할 거요.

친구와 전화하던 엄마가 울먹이는 소리가 들렸다.

"…그래… 나도 화가 나서 자기 발로 돌아올 때까지 안 찾아가려고 그랬어… 애들도 아빠 보고 싶어 하는 것 같고… 하지만 그이만 힘든 거 참았니? 나도 얼마나 힘들었다고. 애들도 그렇고 시댁 어른들께도 못할 짓 해가며… 그래 나 혼자 잘 살려고 그런 건 아니었는데… 글쎄 회사에서는 돌아오기만 하면 사표는 안 받은 걸로 하겠대. 워낙 성실한 사람이니까… 그래 내가 빌어야지 뭐. 정 안 온다면 무릎이라도 꿇던지 그래도 안 되면 나도 거기 눌러 살지… 뭐… 뭐라구? 제2의 신혼여행? 너 지금 농담할 때니? 남은 걱정이 되서 죽겠는데… 전화 끊어!"

갑자기 엄마의 풀 죽은 모습과 대조적으로 파란 바다를 바라보며 여유만만해 있는 아빠의 모습이 떠올랐다.

아빠 파이팅!

나도 모르게 주먹이 불끈 쥐어졌다. 드디어 아빠가 이겼다! 엄마가 아빠 앞에 무릎을 꿇는 장면이 떠오르자 나는 갑자기 식욕이 났다.

"아! 배고파! 누나, 밥 먹자!" (1992)

■ 발문

경쾌한 낙관주의의 담소

임영일 (경남대 사회학과 교수)

 수년 전 나는 노동문제를 다룬 책 한 편을 출간하면서 그 서문에 이런 이야기를 적었던 바가 있다.

"노동운동은 마치 살아있는 유기체와도 같아 그 속에 몸담고 있는 모든 사람들의 생명력을 자양분으로 흡수하면서 호흡하고 움직이고 성장하고 발전한다는 느낌을 종종 받는다"

자본과 권력의 끝을 모르는 탐욕과 억압, 인간의 피땀 어린 노동에 대한 사회적 천대와 경멸 때문에, 그리고 이기적 생존경쟁에만 몰두하고 있는 우리 사회 구성원 모두의 무관심과 체념 속에서 벼랑 끝에 몰린 노동자들이 다시 목을 매고 투신하고 자기 몸을 불살라 죽어가고 있다. 이들의 생명이 다시 내일의 우리 노동운동의 자양분이 될 것인가. 아마도 그럴 것이지

만, 그렇다고 해도 나는 이제 다른 모습을 보고 싶다. '비장한 비극의 미학'
이 아니라 '경쾌한 낙관주의'가 지배하는 흥겹고 즐겁고 정겨운 노동자계
급의 축제의 마당 속에서 전개되는 운동을 보고 싶다. 자신의 운명을 한 곳
에 던지기로 맹세하는 결의에 찬 투사들의 운동이 아니라 너도 나도 가벼
운 마음으로 함께 나누고 연대하고 함께 싸우는, 그러면서도 한두 번의 패
배에 좌절하지 않고 또 내일의 일상과 노동과 싸움을 준비해 나가는 여유
작작하고 유장한 운동이 되었으면 싶다.

나는 작가 김하경을 잘 안다. 지난 십 수 년 동안의 교우 속에서 나는 그
가 나를 알기 이전부터 겪었던 기막힌 삶의 역정을 생생하게 기억하고 있
다. 전태일 문학상 수상작인『그해 여름』을 쓰기 위해 내가 살던 마산, 창원
지역을 넘나들다가 기여 그 삶의 터전을 아예 마산으로 옮긴 이후, 그는 단
한번도 '딴 짓'을 한 적이 없이 오로지 '노동문학'의 화두만을 껴안고 조용
히 몸부림치며 살았다. 그가 혼자서만 감당해야 했던 온갖 시련과 고통, 그
리고 고달픈 사랑의 격정과 회한의 모든 흔적들이 그동안 그가 해왔던 고
독한 문학 작업 속에 배어 있음을 안다. 노동문학, 민중문학을 앞서 주창하
고 실천했던 그 많은 사람들 대부분이 노동문학을 부정하고 노동자를 부정
하고 심지어 노동 그 자체를 부정하며 새로운 시대의 새로운 화두를 찾아
너무도 가볍게 돌아오지 않을 먼 여행을 떠났을 때, 그는 그들이 잊어버린
그들의 고통조차도 자기 것으로 껴안고 부대끼며 살아왔다.

그의 작품들 중에는 그의 고통스런 경험을 '비장한 비극의 미학'으로 풀
이한 작품들도 있다. 그러나 나는 그의 작품 중에서 이 책에 수록된 글들이

보여주는 바와 같은 '경쾌한 낙관주의'가 투영된 것들을 좋아한다. 90년대 초중반 그 어렵고 힘든 시절에 그가 만들고 나도 일부 도움을 줄 수 있었던 노동자 글 모음집 『그래, 다시 하는 거야』가 그렇고, 그와 그의 동료들이 함께 작업해 만든 『호루라기』는 참으로 경이로운 작품집이었다. 그의 고통스런 삶의 궤적을 잘 알고 있는 나로서는 그가 이런 글들을 쓸 수 있다는 것 자체가 신선한 놀라움이었다. 다른 어떤 글들보다도 이런 글들이 나와, 그리고 그의 글을 읽는 노동자들에게 얼마나 큰 위안이 되었고 즐거움이 되었는지 모른다. 이제 그의 글들이 다시 정리되고 한군데 모아져 한 권의 책으로 나오게 된다니 정말 기쁘다. 이 기쁨을 더 많은 독자들, 노동자들과 나눌 수 있으면 좋겠다.

노동운동이라고 하는 이 괴물이 자신의 삶의 에너지를 흡혈귀처럼 빨아가도록 기꺼이 그 속에 자기 몸을 맡기고도, 고통은 나의 것으로 즐거움은 노동자의 것으로, 우리 모두의 것으로 돌리고자 하는 혁명적 낙관주의, 계급적 낙관주의의 문학, 그것이 노동문학의 본연의 모습이 아닐까. 수많은 노동자들의 피와 땀과 눈물이 집적되어 있는 노동운동 속에서 무엇인가를 얻어내고 자신을 세우려 하고, 그것이 불가능하다고 생각되면 노동운동을 저주하고 노동자를 경멸하고 노동 그 자체를 부정하는 것이 능사가 되어버린 오늘이다. 마산 진동의 허술한 시골집에서 김하경이 슬그머니 우리 노동운동과 노동문학의 제사상에 상장하는 젯밥 한 술과 젯술 한 잔을 같이 나누어 보자. 혼자서, 같이, 그리고 죽은 사람들과도 함께, 돈과 권력의 노예들은 결코 이해할 수 없을 비밀스런 미소와 담소를 나누어 보자. 🐢

60 | Cupititas 피닉스 문예 2

숭어의 꿈

지은이 김하경
펴낸이 조정환 장민성
책임운영 신은주 편집부 양돌규 출판부 이택진 마케팅 오주형
용지 화인페이퍼 인쇄 한영문화사 제본 영신사

펴낸곳 도서출판 갈무리 등록일 1994. 3. 3. 등록번호 제17-0161호
초판 1쇄 발행 2003년 12월 25일 초판 2쇄 발행 2004년 1월 15일

주소 서울 마포구 서교동 467-1호 파빌리온 오피스텔 304호 (121-842)
대표전화 02-325-1485 편집부 02-325-4207 팩스 02-325-1407
website http://galmuri.co.kr e-mail galmuri@galmuri.co.kr

© 김하경, 2003

ISBN 89-86114-60-7 04810 / 89-86114-58-5 (세트)
값 8,000원